novum
VERLAG

Alexandra May

Nie wieder Ibiza

und andere Gedanken über Beziehungen

Bibliografische Information der Deutschen Nationalbibliothek:
Die Deutsche Nationalbibliothek verzeichnet diese Publikation in der Deutschen Nationalbibliografie. Detaillierte bibliografische Daten sind im Internet über http://www.d-nb.de abrufbar.
ISBN 978-3-85022-459-8

Lektorat: Viola C. Didier

Gedruckt in der Europäischen Union auf umweltfreundlichem, chlor- und säurefrei gebleichtem Papier.

www.novumverlag.com

Inhaltsverzeichnis

Der Narr

Gar oft wird er nicht gleich erkannt,
der Narr, im kunterbunt' Gewand
mit Schellen auf dem Hut am Kopf,
lustig, heiter, armer Tropf,
traurig, müde, heiter, froh,
der Narr ist alles - ich ebenso.
Bin voll der Weisheit eines Narren,
kann in Unsinn auch verharren,
bin lustig, unterhalt' die Leut',
tu, was ihr wollt und was mich freut.
Bin spaßig, voller List und Tücke,
bau zu den Einsamen die Brücke,
bin müd' und voller Energie,
das Narrentum verlässt mich nie.
Ich wein auch dann, selbst wenn ich lache
und allerernsten Unsinn mache,
bin traurig über frohe Dinge,
weil ich in Trauer Frohsinn bringe.
Bin hellwach im tiefsten Schlaf
und selbst als Wolf bin ich ein Schaf.
So ist mein Leben niemals gleich,
die Tage, variantenreich,
was auf den ersten Blick besehen,
niemals zusammen scheint zu gehen,
ist das, was ich in mir verein',
und Gegensätze, wie ihr meint,
schließen sich bei mir nicht aus,
denn ich mach was Neues draus.
So bin ich, was da auch geschieht,
ein Narr, der eckig Kreise zieht.

Verlorene Zeit

Drei Wochen später als geplant,
kam ich auf die Welt,
das ist viel schlimmer, als man ahnt,
da diese Zeit nun fehlt.
Als Kind hab ich das nicht bemerkt,
ging unbeschwert durchs Leben,
doch mit der Zeit kam da verstärkt,
es müsst' stets mehr noch geben.
Nun hetz ich allem hinterher
und suche nach den Wochen,
leichtfertig gab ich sie einst her
im Mutterleib verkrochen.
Vielleicht jedoch, wenn's aus soll sein,
erfahre ich die Gnade
und man gräbt mich erst später ein,
falls nicht, so wär' es schade.

Ich bin Dornröschen

Ich bin Dornröschen, doch ich hab nicht geschlafen.
Ich wollte für mich weder Prinz noch Grafen.
So bat ich die Fee, mich zu beschützen,
die Dornenhecke sollte mir nützen.
Sie sollte all jene fern von mir halten,
die mich nur nach ihren Wünschen gestalten.
Auch jene, die mir zwar den Himmel versprechen,
doch gegebenes Wort gleich wieder brechen.
Und die, die mit dem Reichtum blenden,
statt innere Schätze bedacht zu verwenden.
Genauso wie jene, die die Liebe benutzen,
damit auch sie etwas Gutes besitzen.
All jene auch, die mich nicht sehen
und blind und taub nur neben mir stehen.
Auch die, die mich mit Erwartung erdrücken,
und jene, die mein Ich ersticken.
So wuchs die Hecke, Jahr für Jahr,
ich hab nicht geschlafen, nahm alles wahr.
Könige, Prinzen und Edelmann
wagten sich an die Hecke heran,
doch ihre Absicht, die war nicht echt,
so scheiterten sie an der Hecke zu Recht.
Die Hecke hielt sie alle von mir fern,
denn sie hatten mich nicht wirklich gern.
Nur einem ist es dann gelungen:
Er ist zu mir durchgedrungen.
Er war kein Prinz und er war nicht reich,
doch auch die Hecke merkte gleich,
dass sein Begehren ehrlich und rein,
so ließ sie diesen zu mir ein.
Ich bin Dornröschen, doch ich hab nicht geschlafen,
ich brauche nicht König, Prinz oder Grafen,
was ich für mich will, ist jener Mann,
der wahre Liebe auch leben kann.

Froschkönig

Gar manchen Frosch hab ich geküsst,
gehofft, dass es kein Märchen ist,
dass man seinen Prinzen findet,
wenn man sich nur überwindet.
Doch die Frösche blieben nur
Frösche - vom Prinz keine Spur.
Doch dann kam ein Prinz daher,
ach, wie liebte ich ihn sehr,
doch als ich ihn dann geküsst,
er zum Frosch geworden ist.
Und seit dieser G'schicht
glaub ich an Märchen nicht.

Prinzen gibt es nicht, doch müssen wir die Frösche küssen?

Wie falsch werden wir schon als Kinder informiert? Einerseits siegt in den Märchen immer das Gute über das Böse, andererseits ist die Welt voll mit Königen und Prinzen, reich, schön und liebevoll, die aus reiner und wahrer Liebe dem Ärmsten unter den Mädchen ihr Herz und Königreich zu Füßen legen. Auch lernen wir, etwas zu küssen, wovor uns eigentlich ekelt, und siehe da, schon verwandelt sich dieser Frosch, dieses Ekel, in den Traumprinz oder das Biest, dem wir liebevoll begegnen, verwandelt sich in ein stattliches, liebenswertes Mannsbild.

Doch auch eine falsche Bescheidenheit wird uns gelehrt, denn wenn Lieschen auf einem Stein sitzt und auf den Richtigen, den König, wartet, lässt sie unzählig viele gute Gelegenheiten vorüberziehen, um sich letztendlich mit einem Schweinehirten zufriedenzugeben, da sich nun nichts Besseres mehr zu bieten scheint.

Wie sehr prägen uns bereits solche Geschichten hinsichtlich unserer künftigen Partnerwahl? Welches kleine Mädchen träumt nicht von seinem Prinzen, der plötzlich daherkommt und es errettet aus einem armseligen, nichtswürdigen Dasein oder vor schrecklichen Ungeheuern? Und auch als erwachsene Frauen bleibt uns nichts weiter als dieser Traum, dass eines Tages jener starke, tapfere, gut aussehende, liebevolle, reiche Mann, daherkommt, der uns wegholt von Heim und Herd, vom trostlosen Alltag und ständiger Plackerei. Wir wollen nicht wahrhaben, dass es „Märchen", also nur erdachte Geschichten sind, klammern uns an diesen Traum, haben den

Schweinehirten geheiratet, da sich nichts Besseres bot, und warten sehnsuchtsvoll auf unseren König. Entweder finden wir uns mit der Zeit damit ab, dass Traum und Wirklichkeit nicht annähernd zueinanderpassen, oder die Sehnsucht nach diesem unerfüllten Traum frisst uns auf, schürt unsere Unzufriedenheit und macht uns verbittert, keifend, zu richtigen Ungeheuern. Kein Wunder, dass „unser Schweinehirt" sich dann seinerseits aufmacht, um seine Prinzessin zu finden und um der Hexe zu Hause zu entfliehen. Und selbst, wenn er jetzt vorbeikäme, unser Prinz, so würde er sicher nicht uns erwählen, denn wir sind mittlerweile zu dem Drachen geworden, den es zu bekämpfen gilt.

Einigen mag es gelingen, ihren Traum rechtzeitig zu begraben und sich mit der Realität abzufinden, sodass sie „glücklich und zufrieden" bis an ihr Lebensende sind. Andere jedoch – und dazu zähle leider auch ich – haben wider besseren Wissens noch immer nicht aufgegeben, nach dem Prinzen Ausschau zu halten, der nicht existiert. Mit ein wenig Glück kann man sich vor der Verwandlung in einen Drachen oder in eine Hexe schützen, indem man sich selbst als Prinzessin, also als wertvoll achtet, und als solche agiert und nicht zulässt, dass man sich unwürdig fühlt, geliebt und auf Händen getragen zu werden. So lebe ich nun als einsame Prinzessin in meinem kleinen Königreich, die Rosenhecke um mich habe ich bereits selbst eingerissen und auch die Türen meines Schlossturms stehen weit offen, bereit, dem Traummann Einlass zu gewähren, falls er vielleicht doch existiert und irgendwann, rein zufällig, ausgerechnet hier vorbeikommt. Ich bemühe mich, nicht mehr an die bereits geküssten Frösche zu denken, die leider Frösche blieben, und auch die Biester, die sich auch bei der liebevollsten Zuwendung nicht verwandelten, gehören der Vergangenheit an. So warte ich geduldig, bereit und manchmal, wirklich nur manches Mal, schwinge ich mich auf meinen Besen und verlasse mein Schloss, um einen netten Jüngling, wenn auch nur für kurze Zeit, nur für diese eine Nacht, zu verzaubern.

Loslassen

Und wieder stehe ich vor dem Abgrund, doch diesmal ist niemand da, um mich aufzufangen, wenn ich falle. Mein Vater ist selbst zu geschwächt und meine Mutter ist voll Sorge um ihn. Und meine Schwestern? Sie sind so stolz auf mich, so überzeugt von meiner Kraft und Stärke, dass sie mir den nächsten Schritt, jenen in die Tiefe und Weite des Meeres, ins Ungewisse, nicht zutrauen. Und er? Nun, er ist nicht da! Er war nie da. Der starke Mann, an dessen Schulter ich mich lehne, wenn mich meine Kraft verlässt, jener starke Mann, der mich auffängt, wenn ich falle, der mich beschützt und tröstet, wärmt, wenn ich friere, und mit sanften Küssen meine Tränen trocknet, ist nicht da! Er kann gar nicht hier sein, denn es hat ihn nie gegeben. Er hat immer nur in meiner Fantasie existiert, war nur ein Traum, den ich geträumt habe, um mich aufzurichten. Eine Hoffnung, an die ich mich all die Jahre geklammert habe. Die Vorstellung, dass irgendwo da draußen dieser Eine vielleicht doch existiert und mir vielleicht doch noch über den Weg läuft, hat mich durch die Jahre begleitet. Diese Sehnsucht nach ihm war mein Strohhalm, an den ich mich geklammert habe, um nicht unterzugehen. Doch nun lasse ich los.

„Du musst lernen, loszulassen", hat mir meine Schwester gesagt. „Loslassen!", hat mir mein Coach, haben mir viele schlaue Bücher gesagt. „Loslassen und Zulassen!", habe ich zu mir selbst gesagt, immer und immer wieder. Nun lasse ich los! Ich lasse meinen Strohhalm los und lasse zu, dass ich nun untergehe. Und falls es ihn doch gibt, irgendwo da draußen? Zu spät. Er hat sich zu lange Zeit gelassen, mich zu finden. Nun ist es zu spät und ich spüre die Wut in mir. Wut auf eine Person, die vielleicht gar nicht existiert, nie existiert hat und trotzdem kann ich nichts dagegen tun. Ich kann ihm nicht verzeihen, denn wenn ich es täte, müsste ich zugeben, dass ich selbst daran schuld bin. Und das kann ich nicht. Das will ich nicht. Ich will nicht zugeben, dass es falsch war, sich an einen Traum zu klammern, ein Fantasiegebilde zu bauen, um die Erkenntnis, dass es nur Fiktion ist, nicht zu ertragen.

Noch treibt der Strohhalm in Reichweite. Ich muss nur meine Hand danach ausstrecken, ihn berühren, umfassen und mich wieder daran festhalten. Aber ich habe losgelassen und ich sehe ihn weiter und weiter von mir wegtreiben. Abschiedstränen rinnen über mein Gesicht. Fort, er, der nie existiert hat, ist gegangen. Er hat mich verlassen, jener beschützende Mann, den es nie gab, und ich fühle mich betrogen von ihm, von meinem Traum, doch in Wirklichkeit von mir selbst.

Ich habe losgelassen und ich lasse zu, dass ich meinem Untergang ins Auge sehe. Ich wehre mich nicht, ich blicke dem Strohhalm nicht mehr hinterher und die Wellen schlagen über mir zusammen und nehmen mich auf in der Weite der Unendlichkeit. Das Salz des Meeres schluckt meine Tränen und es fühlt sich beinahe so an, als würden sie sanft aus meinem Gesicht geküsst. Das Wasser umfängt mich wie eine Umarmung und ich lehne meinen Kopf gegen eine Welle und lasse mich treiben. Loslassen, Zulassen, Eintauchen ins Nichts.

Karriere

Eine Frau auf der Karriereleiter
kommt nur sehr langsam weiter.
Mühevoll und beschwerlich den Weg hinauf,
steinig und langsam geht es bergauf.
Ganz langsam, Schritt für Schritt:
Vorsicht, verlier niemals den Tritt!
Schau vorwärts, lass dich nicht unterkriegen,
auch wenn sie versuchen, dich zu besiegen.
Boshaft die Weiber, voll Hass, voll von Neid,
verursachen dir Kummer, bereiten dir Leid.
Spinnen die allerärgsten Intrigen,
verbreiten über dich die infamsten Lügen,
erfinden über dich Horrorgeschichten,
so manches Verhältnis wird man dir andichten.
Erst kränkst du dich noch schrecklich darüber,
doch irgendwann fängst du dich wieder.
Findest Abstand, stehst über den Dingen,
lässt vom Karriereweg dich nicht abbringen.
Du kämpfst verbissen, dir wird nichts geschenkt,
hart, wenn man nie an sich selber denkt,
doch du hältst durch, verfolgst weiter das Ziel,
schwierig, wenn Frau ganz nach oben will.
Doch ich hab es geschafft, ich hab es erreicht,
der Weg hinauf war wirklich nicht leicht,
denn durch meinen Einsatz und durch eigene Kraft
hab ich es bis an die Spitze geschafft.
Ganz ohne Hilfe, nur ich ganz allein,
da kann ich nun wirklich stolz auf mich sein.
Und die Affäre vor ein paar Jahren,
als der Chef und ich auf Dienstreise waren,
tut in dem Fall gar nichts zur Sache,
weshalb ich auch ein Geheimnis draus mache.

Was wir am besten können

Die Augen schließen und nicht sehen,
wenn Probleme hier anstehen,
Probleme schaffen, statt zu lösen,
darin sind wir stets gut gewesen.
Wir bauen an einem Kartenhaus
und ziehen die unterste Karte heraus.
Der Tüchtige wird zugeschüttet,
wir hören nicht, wenn er um Hilfe bittet.
Wir reagieren frühestens erst dann,
wenn man kaum noch etwas retten kann.
Sobald eine Lösung vernünftig erscheint,
wird aus Prinzip die Umsetzung verneint.
Statt mit Ansporn, Hoffnung und Motivation
schicken wir alle geprügelt davon.
Entscheidungen werden so lange vertagt,
bis keiner nach einer Entscheidung mehr fragt.
Wir freuen uns, wenn alle resignieren,
denn dann wird uns endlich keiner sekkieren.
In schwierigen Phasen zeigen wir Ratlosigkeit,
damit schaffen wir uns eine ruhigere Zeit.
Sollte man uns Unangenehmes erzählen,
hören wir nichts, um uns nicht zu quälen.
Wer das nicht versteht, der weiß nun mal nicht
um unsre Verantwortung und Managerpflicht.

Mobbtimize your enterprise

In Zeiten der Globalisierung, wo Megafusionen zur Tagesordnung gehören, ist Downsizing, also Personalabbau, eine notwendige Maßnahme, um die Wirtschaftlichkeit des nun gigantischen Unternehmens zu sichern. Außerdem ist der Synergieeffekt eines der obersten Ziele solcher Firmenzusammenschlüsse. Doch diese Maßnahme ist nicht nur aufgrund des menschlichen Aspekts, sondern auch aus Kostengründen äußerst unpopulär, und selbst die Bezeichnung „Golden Handshake" vermag ihr keinerlei Glanz zu verleihen. In dem Moment, wo also ein Großkonzern sich zu einer solchen Maßnahme entschließt, treten zahlreiche Schwierigkeiten auf. Diese reichen über Auseinandersetzungen mit dem Betriebsrat, angedrohte Streiks, rufschädigende Medienberichterstattung bis hin zu Finanzierungsproblemen für Abfindungszahlungen. Auch der Aspekt der Unsicherheit, der sich in solchen Zeiten innerhalb der Belegschaft ausbreitet wie eine Viruserkrankung und zu Resignation und innerer Kündigung führen kann, ist hier nicht zu unterschätzen. Wie kann man nun diese Maßnahmen durchführen, ohne dass das Unternehmen nachhaltig Schaden erleidet?

„Mobbtimize your enterprise" lautet die Erfolg versprechende Devise. Durch den gezielten und strategischen Einsatz professioneller Mobber wird der Personalabbau auf beinahe natürliche Weise vollzogen. Da die so gemobbten Mitarbeiter von sich aus kündigen, sind Abfindungszahlungen oder kostspielige Angebote für eine vorzeitige Pensionierung nicht erforderlich. Darüber hinaus behält die Unternehmensführung ihre weiße Weste, da sie die unpopuläre Maßnahme der Personalreduktion somit nicht offiziell durchführen muss.

Wo findet man nun diese professionellen Mobber? Auch dies stellt keine große Hürde dar, denn sofern nicht bereits im Unternehmen einige erfahrene Mobber tätig sind, empfiehlt es sich, aus der Reihe von Arbeitslosen – und derer gibt es ja mittlerweile mehr als genug – möglichst frustrierte Personen für diese verantwortungsvolle Aufgabe auszuwählen. Als äußerst zielführend hat sich hier auch die Wahl von ehemaligen Mobbingopfern erwiesen, da sie einerseits auf dem Gebiet des Mobbings persönliche Erfahrung mitbringen und andererseits so die Möglichkeit bekommen, sich für das widerfahrene Ungemach ausgiebig zu rächen. So wird auch der Glaube an die ausgleichende Gerechtigkeit wiederhergestellt und diese Personen erhalten neue Chancen am Arbeitsmarkt. Es ist auch statistisch bereits erwiesen, dass jene Personen, welche keinerlei Therapien in Anspruch genommen haben, um ihr Mobbingopferdasein zu bewältigen, für diese Herausforderung besser geeignet sind. Je höher der aufgestaute Frustpegel ist, desto effizienter ist diese Person für die Personaloptimierung einsetzbar.

Einen weiteren Vorteil bietet diese Maßnahme: Jene Personen, welche nun das Unternehmen freiwillig verlassen haben, sind somit auch bei späteren Mobbtimizingmaßnahmen einsetzbar. Hier ist ihre Erfahrung und das Kennen der Zusammenhänge im Unternehmen aufgrund ihrer früheren Tätigkeit bereits ein großer Vorteil. Darüber hinaus erscheint es als großartige Perspektive, auf diese Art und Weise wieder in das Unternehmen zurückkehren zu können und Macht und Druck ausüben zu dürfen.

Sie halten diese Maßnahme für bedenklich und unmenschlich? Auch das lässt sich ganz einfach entkräften. Der Therapeuten- und Beratermarkt boomt, viele von ihnen haben sich bereits auf das Thema Mobbing spezialisiert. Somit gilt auch deren Existenz als langfristig gesichert.

Daraus resultiert eine eindeutige und branchenübergreifende Win-win-Situation und solche sind mittlerweile in der Wirtschaft ohnehin selten genug anzutreffen.

Sie fragen mich, warum ich diese Idee nicht vermarkte? Nun, wenn ich ganz ehrlich bin, hege ich die Befürchtung, dass ich in jenem Moment, wo ich diese Idee publik mache, damit konfrontiert werde, dass mich zahlreiche Konzernherrscher verständnislos ansehen und fragen, was daran neu sein soll, da diese Optimierungsmaßnahme bereits seit Jahren erfolgreich zum Einsatz kommt.

9/11

Es brennt die ganze Welt,
Rauchschwaden überall,
der Kurs der Börsen fällt
ganz tief in freiem Fall.
Das Gestern ist weit fort,
nichts mehr so, wie es war,
unsicher jeder Ort
und überall Gefahr.
Man spricht jetzt oft von Krieg,
Gewalt wird angedroht.
Nur Friede wär' jetzt Sieg,
nicht noch mehr Leid und Tod.

Angst

Angst, ich habe Angst.
Gestern Abend habe ich sie gesehen.
Sie formieren sich wieder,
trainieren ihre Muskeln,
um zuzuschlagen.
Eiskalte Rohheit
spricht aus ihren Augen,
den stahlblauen Arieraugen
und ihre blonden Haare
sind kurz geschoren.
In ihren Häusern
sammeln sie Relikte
aus der Vergangenheit
und die rote Fahne
mit dem Hakenkreuz
ist überall.
Sie bewaffnen sich
und züchten den Ausländerhass
in ihrem Inneren so lange,
bis er explodiert wie eine Bombe.
Angst, ich habe Angst,
dass sie blind sind,
wenn sie zuschlagen
und nicht erkennen,
dass ich kein Ausländer bin.
Und was, wenn ich dann,
wenn sie zuschlagen,
gerade mit Ausländern zusammen bin,
wie oft in letzter Zeit,
um Geschäfte zu machen
und auch meine Europareife zu beweisen?
Angst, ich habe Angst
vor meiner eigenen Feigheit,
Angst davor,

dass ich mich der Gewalt beugen könnte,
nur um mein Geschäft
und mein eigenes Leben zu retten.
Angst davor,
dass ich wie viele andere
mit dem Strom schwimme.
Angst davor,
Angst vor dem Widerstand zu haben.
Angst davor,
einer von denen zu sein,
der nur stumm und tatenlos zusieht.
Angst davor,
dass auch alle anderen
so reagieren könnten wie ich
und das macht mir Angst,
denn dann wäre keiner mehr da,
der mir helfen könnte,
wenn sie kommen, um mich zu holen.

Gute alte Zeit

Die Alten sagen uns sehr oft,
dass sie sich damals stets erhofft',
so wie wir im Frieden zu leben,
anstatt für die Freiheit ihr Leben zu geben.
Sie sagen uns, wir haben's gut,
weil friedlich um uns alles ruht
und wir nicht Angst und Hunger kennen,
niemals um unser Leben rennen
und morgens, wenn wir dann erwachen,
sehen wir die Sonne lachen.
Wir sind die Glücksgeneration.
Doch was haben wir davon?
Denn der Krieg ist zwar nicht hier,
doch manchmal brennt er heiß in mir,
ich habe Angst vor dem Atom
und dem Loch da im Ozon.
Habe Angst vor dieser Hast,
die die ganze Welt erfasst.
Auch ich fürchte mich vor morgen,
mache mir ums Leben Sorgen.
Seh im Fernseh'n die Gewalt
und sie macht vor uns nicht halt.
Unsre Nachbarn, unsre Brüder
morden, brennen alles nieder.
Ich stehe zwar nicht mittendrin,
weil ich noch wo anders bin.
Doch wer sagt mir, dass nicht morgen
unsre Brüder uns ermorden?
Ich hab zwar keinen Krieg erlebt,
doch auch meine Erde bebt,
denn ich steh auf dem Vulkan,
der jederzeit ausbrechen kann.
Manchmal wünsch ich, ich wär' blind,
säh' nicht, wie die Menschen sind,

denn unser Frieden macht mich bang,
denn ich weiß ja nicht, wie lang
er bei uns noch dauern kann.
Manche setzen alles dran,
einen Krieg neu zu entfachen.
Ich steh da und kann nichts machen.
Auch wir sind nicht zu beneiden,
solang um uns so viele leiden
und wir immer wieder hören,
wie Menschen unsren Frieden stören.
Das Schlimme ist an unsrer Zeit,
wo Frieden ist, ist Krieg nicht weit.

Getrennte Wege

Beziehungen entwickeln sich
und bleiben niemals steh'n,
heute noch, da liebst du mich,
doch morgen willst du geh'n.
Heute bin ich deine Frau
und rosig unser Leben,
doch morgen schon ist alles grau,
so spielt das Leben eben.
Wir sind ein Stück zu zweit gegangen
und haben viel gesehen.
Doch heute fühlst du dich gefangen
und möchtest von mir gehen.
Heute tust du mir sehr weh,
ich fühle mich verlassen,
doch wenn ich morgen alles seh',
war's gut, dich zieh'n zu lassen.
Unsere Wege haben sich getroffen,
um gemeinsam noch zu gehen,
doch bei der Kreuzung, klar und offen,
waren zwei Wege dann zu sehen.
Den einen hast du für dich genommen,
das war der Weg, der dir bestimmt.
Den andern Weg hab ich bekommen,
den Weg, den nur mein Leben nimmt.
Es fällt mir schwer, heut' zu verstehen,
dass ich kein Recht habe darauf,
den Weg, den du für dich sollst gehen,
zu ändern auf meines Weges Lauf.
Doch schließlich ist dies unser Ziel,
zu lernen und auch zu verstehen,
dass auch selbst dann, wenn man es will,
Wege nicht immer gemeinsam gehen.

Zwischen Gestern und Morgen

Du passt hervorragend zu diesem Land, in dem du lebst. Es ist in den Sommermonaten so trocken und karg und wäre da nicht der Wind, der beinahe permanent über die Insel weht, so würde dem Land jede Lebendigkeit fehlen. Gleichzeitig jedoch gibt es da auch die verborgenen Schluchten, in denen sich ungeahnte grüne Oasen finden und frisch plätscherndes Wasser. Doch sie sind nicht immer leicht zu finden. Wenn die hohen Wellen des Meeres gegen Gestein und Hafenmauern prallen, wird die Urkraft des Wassers deutlich, gewaltig und unaufhaltsam, während der Blick zum Horizont Unendlichkeit verspricht.

Auch ich bin wie das Land, in dem ich lebe. Ich bin Opernball und Wurstelprater, schwelge in längst vergangenen, glorreichen Zeiten und träume von einer lebendigen Zukunft. Ich bin konservative Tradition mit dem Bestreben nach Fortschritt und Veränderung. In diesem Land finden sich Städte, nicht zu groß, mit ihrer Geschäftigkeit, ebenso wie die Ruhe idyllischer Seen und gewaltige Berglandschaften. Und obwohl dieses Land so viel zu bieten hat, ist das, was fehlt, so präsent, denn es fehlt die frische Brise des Meeres. Dennoch ist die ungestillte Sehnsucht danach überall spürbar.

Trotzdem ist es nicht die Unterschiedlichkeit dieser beiden Länder, die uns trennt, ebenso wenig sind es die vielen Kilometer, die zwischen uns liegen, die Distanz schaffen. Was uns beide trennt, ist der Abschied. Du gingst stumm und wortlos und meintest „Adieu“, während ich „Auf Wiedersehen“ verstanden habe. Dein Blick zurück war endgültiges Verabschieden, doch ich sah darin das Versprechen eines Wiedersehens.

So nehme ich nun die Begegnung mit dir als Beispiel dafür wahr, dass nichts trennend ist, solange Vergangenheit und Zukunft keine Rolle spielen. Solange ich nur im Augenblick zu Hause war, warst du mir so vertraut, dass es mir beinahe unheimlich schien. Doch seit du dich in die Vergangenheit verabschiedet hast und ich mich auf den Weg in die Zukunft machte, macht dich deine Kargheit so fremd. Dadurch wird das, was mir fehlt, so präsent, gewinnt an Bedeutung und schafft eine unüberwindliche Distanz zwischen uns.

Ich kehre nun heim ins Jetzt, koste den Augenblick und versuche, für immer hier zu bleiben, damit weder Vergangenheit noch Zukunft mich von der Lebendigkeit trennen.

Seifenblase

Gekränkt in meiner Eitelkeit,
weil sie bekommt, was ich gern hätt',
mich brauchst du zum Reden nur,
mit ihr jedoch gehst du ins Bett.
Sie wird umarmt, von dir geküsst,
spürt deinen Körper wohlig warm,
mich jedoch hält niemand mehr
beschützend liebevoll im Arm.
Wozu willst weiter du mich sprechen?
Was soll ich noch in deinem Leben?
Das, was du brauchst, holst du bei ihr.
Das was ich will, kannst du nicht geben.
Es tut so weh, dass es so ist,
am liebsten säh' ich gar nicht hin,
dass sie ganz dein Begehren ist
und ich nur dein Kumpel bin.
Lass mich in meinem Schmerz allein,
vielleicht heilt Zeit auch diese Wunden
und irgendwann freu ich mich wieder
über längst vergang'ne Stunden.
Es war einmal und es war schön,
doch nun ist diese Zeit vorbei,
ich höre auf, auf dich zu hoffen,
vorbei ist diese Träumerei.
Ich blick den Tatsachen ins Auge
und lasse meine Tränen zu.
Träume gleichen Seifenblasen,
eine zerplatzte bist nun du.

Wozu lügen?

Wer kam eigentlich auf die Idee, dass es hilfreich sein kann, nicht die Wahrheit zu sagen? Wieso denken wir immer und immer wieder, dass wir uns in Ausreden flüchten müssen, um andere nicht zu verletzen? Tut es tatsächlich weniger weh, wenn eine Beziehung zu Ende geht, dass man nicht mit der Wahrheit konfrontiert wurde? Wovor schonen wir einander, wenn wir uns gegenseitig etwas vormachen? Ist es tatsächlich hilfreich, irgendwann im Laufe der Zeit schon zu merken, dass alles eigentlich ganz anders gemeint war?

Nein, das will ich nicht! Ich will nicht belogen werden, will nicht, dass man mir etwas vormacht. Ich will wissen, woran ich bin.

Also kann ich mich nun glücklich schätzen. Während andere Männer sich nach einer zärtlichen Nacht mit den Worten verabschieden, dass sie anrufen werden und dann nichts mehr von sich hören lassen, hast du „am Tag danach" angerufen und auch an den darauf folgenden Tagen.

Ebenso warst du es, der sich nach einer schönen gemeinsamen Woche gemeldet hat, um mir schließlich zu sagen, dass du dich nun nicht mehr melden wirst. Ich weiß, woran ich bin, du machst mir nichts vor und hast mir nichts vorgemacht, warum fühle ich mich trotzdem nicht glücklich?

Weil es wehtut, schrecklich weh sogar, mehr als ich dachte, weil ich dich vermisse und weil es anfangs nie leicht ist, mit Veränderungen umzugehen. Doch ich weiß auch, dass es nur die nächste Zeit so schrecklich wehtun wird, dass es beinahe nicht auszuhalten ist, doch irgendwann geht auch dieser Schmerz vorbei. Auch bin ich froh, dass es wehtut, denn es sagt mir, du bedeutest mir etwas – nein, nicht etwas sondern viel. Und das nehme ich mit, das nimmt mir keiner und dieses Gefühl hat Bestand als Teil meines Lebensschatzes.

Ich lege dich vorsichtig und sorgfältig in mein Schatzkästlein, behutsam darauf bedacht, nichts zu verbiegen, nichts zu zerbrechen und in diesem Schatzkästlein hast du nun für immer ein Zuhause. Keine unbedachten Worte oder Handlungen können dir nun etwas anhaben, denn du liegst sicher und verborgen in dieser Truhe und das, was war, behält seinen Glanz.

Natürlich macht sich auch Wehmut in mir breit, da nicht mehr ist, was einmal war, doch die Erinnerung an einen kurz gelebten Traum entschädigt für die Sehnsucht nach niemals gelebten Träumen.

Mit Tränen in den Augen und Zuversicht im Herzen mache ich mich nun auf, einen neuen Traum zu leben.

Ehe (1)

Ehe wir einander vor Gott und der Welt versprochen haben,
zusammenzubleiben, waren wir zusammen.
Ehe wir eine amtliche Bestätigung dafür hatten,
zusammenzugehören, hörten wir einander.
Ehe alle Welt an unserem Namen sah,
dass wir ein Paar sind, sahen wir einander.
Ehe ich Ja zu dir gesagt hatte,
war ich einverstanden damit, dass du bist, wie du bist,
Ehe ich den Ring an meinem Finger hatte,
schmückte ich mich mit dem Wissen, zu deinem Kreis zu gehören,
Ehe dieser Tag vergeht, wird kein Hahn mehr danach krähen,
was aus uns geworden ist.

Ehe (2)

Vor der Ehe
war da Nähe
zwischen dir und mir.
In der Ehe
ich nun flehe:
Bitte, bleib bei mir!
In der Ehe
ich nicht sehe,
was bedeut ich dir.
Aus der Ehe
ich nun gehe,
lasse Vieles hier.
Nach der Ehe
ich verstehe:
Du gehörst nicht mir.

Zum Abschied

Leb wohl, leb wohl, du lieber Freund,
ich werde dich vermissen,
doch war mir klar, seit langem schon,
dass wir uns trennen müssen.

Ich wünsche alles Gute dir,
für dein weit'res Leben
und danke herzlich dir dafür,
was du mir hast gegeben.

Ein kleiner Schritt nur hat gefehlt,
wir hatten nicht den Mut,
doch dieser Schritt wär' der zu weit,
so ist nun alles gut.

Der Traum, den wir uns ausgemalt,
lebt weiter in Gedanken,
doch mittlerweile kennen wir
auch wieder unsre Schranken.

Drum ist es Zeit für dich zu geh'n,
auch wenn du mir nun fehlst,
da ich es nicht erlauben kann,
dass weiter du dich quälst.

Leb wohl, leb wohl, du lieber Freund,
dein Weg ist nicht der meine,
drum geh nun einfach fort von mir
und lass mich hier alleine.

Zerbrochene Welt

Wenn meine Welt zusammenbricht,
dreht eure stet sich weiter,
wenn aus mir Leid und Kummer spricht,
seid ihr froh und heiter.
So gerne würde ich dafür
euch von Herzen hassen,
doch der Vorwurf gilt nur mir,
ich hab es zugelassen,
dass meine Welt sich nicht mehr dreht
und einfach explodiert,
weil man nicht zu sich selber steht
und sein *ich* verliert.
Nur eines frage ich mich noch
am Ende dieser Nacht:
Hab irgendwann vielleicht ich doch
auch etwas gut gemacht?
War alles falsch, was ich getan,
ist alles null und nichtig
oder vielleicht irgendwann
war mein Tun auch richtig?
Was bleibt, sind Trümmer, riesengroß,
zerstört und nicht zu kleben.
Warum tat ich all das bloß,
statt einfach nur zu leben?

Mein Ich

Ich nehme mich zurück,
schließe mein Ich tief in mir ein,
damit es dir nicht im Weg steht.
Unterdrücke es, wenn es heraus will.
Doch irgendwann habe ich keine Kraft mehr
und mein Ich fordert sein Recht,
drängt heraus, macht sich breit
und kämpft ums Überleben.
Und ich stehe da, schau meinem Ich zu
und sage voll Schuldgefühlen:
Das hab ich nicht gewollt.

Mauern

Ich habe um Hilfe geschrieen,
doch ich habe mich nicht gehört,
weil ich verlernt habe
aufzupassen.
Ich bin über Grenzen gegangen,
habe mich für stark genug gehalten,
alles zu schaffen.
Hochmütig habe ich angenommen,
dass für mich keine Grenzen gelten
und ich habe von mir alles gefordert.
Und plötzlich ist da vor mir diese Wand,
auf der ganz groß Ende steht
und auch rechts und links von mir
nur Mauern.
So zerbröckelt hinter mir mein Stolz
und ich drehe mich um und gehe zurück.
Ich gehe zurück und habe Angst,
dass irgendwann auch hinter mir
in all den Jahren eine unüberwindbare
Mauer errichtet wurde.
Und niemand ist da, dem ich die Schuld
dafür geben könnte.

Ich bin nicht dein Spielzeug

Ich weiß nicht mehr, wann genau es angefangen hat, aber plötzlich verspürte ich dieses seltsame Gefühl, das mich nun nicht mehr loslässt. Ich merkte ganz deutlich wie sich alles verändert, aber ich bin nicht fähig, Einfluss darauf zu nehmen. Doch das Erschreckende dabei ist, dass ich merke, dass ich es bin, die sich verändert und so als gäbe es mich doppelt stehe ich vor mir und sehe dieser meiner Wandlung machtlos zu.

Als wir geheiratet haben und ich zu ihm in seine Wohnung zog, faszinierte mich diese Ansammlung von altem Spielzeug und ich muss zugeben, dass sie mich auch heute noch in ihren Bann zieht. Doch mittlerweile ist diese eigenartige Veränderung da und deshalb macht mir dieses Spielzeug auch Angst.

Wie in den meisten Ehen oder Beziehungen kam nach der ersten Zeit der Verliebtheit auch für uns die Zeit der Ernüchterung oder viel mehr noch: des Erwachens. Meine Gefühle zählten nicht mehr, es gab nicht mehr „unser", sondern nur noch sein oder mein: Seine Wohnung, seine Autos, seine Rechte, seine Ruhe, seine Bedürfnisse, seine Entscheidungen und sein Geld; dagegen meine Pflichten, meine Fehler, mein Stören, meine Dummheit, mein Gehorsam, meine Hässlichkeit.

So vieles sagte er mir, was mich zutiefst kränkte und sobald er wusste, dass mich seine Worte verletzten, sagte er es mit Absicht noch öfter, weshalb ich meist schluckte und schwieg. Meine Nase war ihm zu groß, mein Busen und mein Hintern zu klein, meine Ohren zu abstehend. Jeden Tag teilte er mir mit, was an mir unzulänglich sei und was er umoperieren würde. Dazu teilte er mir auch täglich mit, wie dumm ich doch sei. Besonders schlimm war sein gefühlloses Verhalten vor allem in jenen Wochen, in denen er nicht viel zu tun hatte und sich unausgelastet fühlte. An solchen Tagen, die er meist ausschließlich im Bett verbrachte, empfing er mich abends nach meiner Rückkehr von einem anstrengenden Bürotag oft nur mit den knappen Worten wie „Hunger“ oder „Schokolade ist aus“. Manchmal war er anlehnungs- und zuwendungsbedürftig wie ein kleines Kind, andere Male jedoch beschimpfte er mich. Wo auch immer ich mich in der immerhin 130 m^2 großen Wohnung aufhielt, war ich ihm im Weg, störte ihn, ging ihm auf die Nerven. Dies gipfelte eines Tages darin, dass er mich mit den Worten empfing: „Verschwinde endlich aus meiner Wohnung!“ Ich wusste nicht, wie mir geschah, fragte mich, was ich jetzt wieder falsch gemacht hatte und war so tief verletzt, dass ich kaum klar denken konnte. Verbissen kämpfte ich gegen die aufsteigenden Tränen an. Nach einem Beruhigungsspaziergang kehrte ich gefasst zurück und bat ihn, mir klar und deutlich zu sagen, was er wolle, damit ich mich danach richten kann. Außerdem versuchte ich, ihm eines klarzumachen: „Ich bin nicht dein Spielzeug“, erklärte ich ihm. „Ich habe auch Gefühle. Du kannst mich nicht einfach nach Belieben aus der mir zugedachten Ecke nehmen, um mit mir zu spielen, wenn es dir gerade gefällt und sobald du keine Freude mehr daran hast mich zurückverbannen in meinen Winkel bis zum nächsten Mal.“

So vereinbarten wir, dass ich mir eine Wohnung suchen würde und ich bat ihn, sich bis dahin mir gegenüber menschlich und respektvoll zu verhalten. Erschüttert, enttäuscht und ängstlich besorgte ich gleich am Tag darauf die Zeitung, um den Wohnungsmarkt zu durchforsten. Ich war zwar verletzt und gekränkt, doch fest entschlossen, all meine Energie auf den vor mir liegenden Neubeginn zu verwenden.

Als er gegen Mittag nach Hause kam, fragte er nur knapp, ob ich schon eine Wohnung gefunden hätte. Ich erklärte ihm, dass dies nicht so rasch gehen würde, ich mich jedoch darum bemühe. Um ihm nicht weiter im Weg zu sein, verbrachte ich den restlichen Tag mit einer Freundin. Abends, nach einem knappen „Gute Nacht“ hatten wir diesen Tag beendet. Der nächste Tag allerdings stürzte mich in absolute Verwirrung. Er meinte, es wäre nicht erforderlich, dass ich ausziehe. Er werde sich zwar sicherlich nicht entschuldigen, aber von ihm aus könne ich gerne bleiben. Er sei schließlich schon 45 Jahre alt und werde sich daher auch sicher nicht ändern, also müsse ich ihn so nehmen, wie er eben sei.

Konfus stand ich nun da und wusste nicht, ob ich meinen Entschluss, mir eine Wohnung zu suchen, dennoch weiterverfolgen solle oder ob sich wo ein Fünkchen Hoffnung ist der Kampf um die Beziehung lohnen würde. Da er in den nächsten Tagen mir gegenüber wieder aufmerksamer war, entschied ich mich für Letzteres. Nochmals erklärte ich ihm: „Ich bin nicht dein Spielzeug."

So war unserer weitere gemeinsame Zeit ein Auf und ein Ab, ein Hoffen und Zweifeln und schließlich begann dieses Gefühl meiner Veränderung. Alles um mich herum schien immer größer zu werden, beinahe bedrohlich. Jede Bewegung fiel mir immer schwerer und oft war es mir, als könne ich meinen Arm nur noch unter größter Anstrengung heben. Ich hatte immer weniger Hunger, selten Durst und die Wohnung um mich wurde größer und größer.

Gestern in der Früh, als ich erwachte, war dann plötzlich alles klar. Ich saß in der Ecke der großen Spielzeugvitrine. Er kam in das Zimmer, fasste mich beinahe zärtlich um die Taille und trug mich vorsichtig in sein Arbeitszimmer. Dort bearbeitete er dann vorsichtig und sorgfältig mit einem kleinen Meißel meine Nase. Ich muss zugeben, diese steht mir wirklich besser. Dann warf er mir einen Blick zu, der so voller Liebe war, dass ich es kaum fassen konnte. So einen Blick hatte ich noch nie zuvor an ihm gesehen. Behutsam brachte er mich zurück in die Vitrine, setzte mich in meine Ecke und nahm die kleine Eisenbahn rechts von mir mit zur Bearbeitung. Da sitze ich nun und mit einem Mal ist mir alles klar. Ich beginne, die Veränderung und die Welt um mich neu zu begreifen. Doch das Schönste ist: Ich weiß, dass er mich liebt, denn ich bin sein Spielzeug.

Flaschengeist

Eine Flasche, alt, verdreckt,
hat meine Neugierde geweckt.
Hielt sie stumm in meinen Händen,
tat sie drehen, tat sie wenden.
Schließlich machte ich sie auf
und im Nu sogleich darauf
stand ein Flaschengeist im Raum,
groß und stattlich anzuschauen.
Anfangs war ich ganz verwirrt,
dachte, ich hätt' mich geirrt,
doch der Geist war ganz galant,
nahm mich zärtlich an der Hand,
sprach gebildet, liebevoll,
kurz und gut, ich fand ihn toll.
Keine Ängste, kein Bedenken,
tat dem Geist Vertrauen schenken
und so hab ich eine Nacht
mit ihm wie im Traum verbracht.
Bevor am Morgen ich gegangen,
hielt er zärtlich mich umfangen,
sagte liebevoll „Adieu,
hoff', dass ich dich wiederseh'!".
Tage später dann jedoch
grüßte er mich grade noch,
wirkte kalt und distanziert,
nichts mehr, was mich fasziniert.
Also wollt' ich ihn vergessen,
doch ich bin vom Geist besessen,
kaum denk ich, jetzt ist er weg,
hockt er da im nächsten Eck,
hab versucht, ihn zu vertreiben,
doch der Geist tat immer bleiben.
Kaum hab ich ihn mal gezähmt,
er meine Gedanken lähmt.

Unvermittelt steht er da,
stört im Schlafe mich sogar.
Bin ich kurz mal unbeschwert,
taucht er plötzlich auf und stört.
Frag mich nun, wie stell ich's an
dass ich ihn bezwingen kann,
dass wie gekommen, er verschwindet
zurück in seine Flasche findet.
Diese schließ ich dann ganz fest,
damit er mich in Ruhe lässt.

Stumm

Wenn ich rede, sprech' ich nicht,
unbeweglich mein Gesicht,
keine Regung ist zu sehen,
niemand sieht die Seele flehen.
Hör mir zu, so bittet sie,
doch mein Mund, der weiß nicht, wie
er die Worte formen soll.
Meine Seele, übervoll,
erstickt beinah, unausgesprochen
Emotionen brodelnd kochen,
bleiben tief in mir verborgen
und ich denke, vielleicht morgen
kann den Bann ich endlich brechen
und mit dir darüber sprechen.

Immer da

Wenn du gehst, bleibst du doch hier,
denn ich spür' dich nah bei mir,
rieche deinen Duft um mich,
selbst deinen Herzschlag höre ich,
lasse meine Augen zu,
und das Bild vor mir bist du.
Seh' dich deutlich, seh' dich klar,
du bist weg und trotzdem da.

Brüderlein

Brüderlein, komm tanz mit mir,
reich mir deine Hände.
Ist nichts dabei, ist gar nicht schwer,
kein Anfang und kein Ende.
Will mich gemeinsam mit dir drehen,
will einfach nur noch schweben,
möcht zur Musik mich fallen lassen,
nur noch sein und leben.
Brüderlein, was macht dir Angst?
Warum tust du dich zieren?
Willst nicht mit mir zum Tanze gehen,
so wirst du mich verlieren.

Ich bin

Gesicht zerkratzt von deinem Bart,
Körper wohlig warm,
du hältst mich fest, du hältst mich zart,
ich lieg in deinem Arm.
Ich träume nicht, ich spür's genau,
ich lebe und ich bin,
bin Göttin, Körper, Seele, Frau,
bin Gefühl und Sinn.

Nie wieder Ibiza

Da saß ich nun neben meiner besten Freundin Sophie am Flughafen und wartete auf das Boarding unseres Fluges nach Ibiza. Eine Woche Urlaub lag vor uns und die Verspätung unseres Abfluges ließ mich jetzt schon bereuen, dass ich mich von Sophie dazu überreden ließ. Ausgerechnet jetzt Urlaub zu machen, wo so viele Projekte zu erledigen wären, war absoluter Schwachsinn. Auch war ich mir nicht mehr sicher, ob mir der Urlaub tatsächlich guttun würde, so wie Sophie meinte. Ich war in den letzten Jahren auch ohne Urlaub recht gut klargekommen und schließlich erledigt sich die Arbeit ja nicht von selbst. Aber das ist wohl auch einer jener wesentlichen Unterschiede zwischen Sophie und mir. Wir waren überhaupt so gegensätzlich, dass es beinahe verwunderlich schien, dass wir Freundinnen waren. Dennoch sind wir bereits seit unserer Volksschulzeit – und die liegt schon eine Ewigkeit zurück – einfach unzertrennlich. Wir gingen gemeinsam im wahrsten Sinne des Wortes durch dick und dünn, teilten Freud und Leid miteinander und hielten das, was Ehepaare einander versprechen: in guten wie in schlechten Zeiten.

Die Gründe für unsere schlechten Zeiten waren allerdings schon in unserer Teenagerzeit sehr unterschiedlich. Während bei Sophie meist aus Liebeskummer Weltuntergangsstimmung herrschte, waren es bei mir meist verpatzte Schularbeiten und Schulprojekte; später dann, abgesehen von meiner Scheidung, geschäftliche Misserfolge, die mich aus der Bahn warfen.

In einer dieser Weltuntergangsstimmungsphasen von Sophie war es schließlich auch, dass ich mich von ihr zu diesem Kurzurlaub überreden ließ. Sophie stand heulend um zwei Uhr morgens vor meiner Türe und es gelang mir erst eine Stunde später, so viele zusammenhängende Sätze aus ihr herauszubekommen, dass ich auch den Grund für dieses große Unglück erfahren konnte. Wie meist ging es natürlich wieder um einen Mann, in welchen sich Sophie eine Woche zuvor unsterblich verliebt hatte. Ihren Aussagen nach war es genau jener eine, auf den man sein Leben lang wartet. Und während Sophie in dieser einen Woche bereits Zukunftspläne schmiedete, Haus und Kinder schon bildlich vor sich sah, eröffnete ihr der Traummann bei einem romantischen Abendessen, dass es da bereits eine Ehefrau und Kinderlein gäbe, die seine Heimkehr erwarten. „Männer sind alle Schweine", heulte Sophie an meiner Schulter in meine neue Seidenbluse. „Stimmt", pflichtete ich ihr bei, „aber das wissen wir längst, deshalb verstehe ich nicht, dass du wieder auf so ein Schwein hereinfallen konntest", folgte ein nüchterner Kommentar von mir. Es ist mir tatsächlich unbegreiflich, wie naiv Sophie immer wieder in irgendwelche Beziehungen tappte, wo selbst ein Blinder von vornherein sah, dass dies einfach scheitern musste. Da Sophies Allheilmittel für einen solchen Weltschmerz – spontan Urlaub zu machen – meist in einer weiteren Katastrophe endete, ließ ich mich also diesmal von ihr überreden, sie zu begleiten. Ich hoffte auch, dass sie dadurch genug Abwechslung hätte und sich daher nicht Hals über Kopf in den nächstbesten Gigolo verliebte und erwartete, er würde nun mit ihr eine Familie gründen. Sophies mangelnder Realitätssinn, was Männer betraf, verblüffte mich immer aufs Neue.

So saßen wir nun vor unserem Gate und Sophie beäugte bereits interessiert die anderen Wartenden um uns, während ich telefonisch noch ein paar wichtige Anweisungen an meine Assistentin durchgab. Dieses Telefonat verstärkte meine Zweifel, ob ich tatsächlich fliegen solle, denn irgendwie hatte ich das Gefühl, dass meine Assistentin so überhaupt nichts verstand, und befürchtete das allergrößte Chaos bei meiner Rückkehr. „Schau, ich glaube, der reist auch alleine", riss mich Sophie aus meinen Gedanken über geplatzte Aufträge und missmutige Kunden. Er, das war ein junges Bürschlein, Jeans und verwaschenes T-Shirt mit einem Schafsblick. „Sieht süß aus", kommentierte Sophie und ich erschrak erneut über Sophies Blick für Männer. Doch aus Rücksicht auf ihr soeben erst gebrochenes und noch nicht geheiltes Herz hielt ich mich mit meinem Kommentar zurück.

Endlich begann das Boarding, wobei ich allerdings gleich bereute, dass wir nicht doch Business Class gebucht hatten. Diese Einmal-im-Jahr-auf-Sommerurlaub-Flieger sind eine absolute Zumutung und mir war jetzt schon klar, dass ich es hier mit einer Reihe von Geglückte-Landung-Applaudierern zu tun hatte. Aber was tut man nicht alles für seine beste Freundin.

Der Flug verlief, bis auf das befürchtete Landungs-Geklatsche, unspektakulär, ebenso wie unsere ersten Tage auf Ibiza. Wir genossen Sonne, Meer und Wein und meine täglichen Anrufe im Büro gaben mir das Gefühl, das befürchtete Chaos abwenden zu können.

Sophie hatte ihren Weltschmerz gut verdaut und hielt bereits Ausschau nach möglichen neuen Kandidaten für ihre Familienplanung. Ich achtete jedoch darauf, dass es bei unverbindlichen Flirts blieb, da ich ihr und mir erneuten Liebeskummer ersparen wollte.

Nach fünf Tagen beschaulichen Urlaubsdaseins schien sich jedoch meine Befürchtung über den totalen Zusammenbruch im Büro tatsächlich zu bewahrheiten. Meine hilflose Assistentin rief mich aufgeregt in der Früh an und teilte mir mit, dass unser größter Kunde so viele Änderungswünsche für sein Projekt erwarte, dass nun das ganze Büro Kopf stehe. Ich versuchte, sie zu beruhigen und bat sie, mir diese Änderungswünsche ins Hotel zu faxen. Da ich mich auf eine Menge Arbeit einstellte, bat ich Sophie, heute alleine an den Strand zu gehen. Wir verabredeten uns zum Abendessen, denn bis dahin hoffte ich, alles geregelt zu haben. Es war tatsächlich eine Fülle an sehr wesentlichen Änderungen, und so machte ich mich gleich an die Arbeit. Gleichzeitig war ich jedoch auch wütend über die Unfähigkeit meiner Assistentin, denn mit ein wenig Bemühen wäre diese Arbeit sicher auch ohne mich zu schaffen gewesen. So verbrachte ich nun diesen Urlaubstag mit Arbeit und überlegte mir mögliche Konsequenzen bei meiner Rückkehr. Den ersten Gedanken „Sie wird gefeuert!" verwarf ich rasch wieder, da mir einerseits diese Maßnahme doch zu rigoros erschien und ich andererseits zugeben musste, dass meine Assistentin sehr wohl eine Unterstützung und hilfreich war. Dennoch, ein ernstes Gespräch müsse es da schon geben, denn schließlich musste ich einen ganzen Urlaubstag opfern. Nachdem die Wogen im Büro geglättet waren und ich alle Unterlagen gefaxt hatte, blieb mir noch eine Stunde bis zum Abendessen. Diese nutzte ich mit einem wohltuenden, ausgedehnten Bad und einer erfrischenden Gesichtsmaske. Als ich im Restaurant ankam, erwartete mich Sophie bereits und zu meiner Überraschung schien sie mich nicht alleine zu erwarten, sondern war in Begleitung von zwei Spaniern. Überraschung ist vielleicht zu viel gesagt, denn ich hatte nicht damit gerechnet – obwohl – wer Sophie kennt, und das tue ich, damit rechnen muss, dass sie nicht lange alleine ist. Sophie stellte mir ihre Begleiter, Miguel und José, vor und es war nur unschwer zu erraten, dass Sophies Wahl bereits auf Miguel gefallen war. Wie sich dann auch im Laufe des Gesprächs herausstellte, hatte Sophie Miguel kennengelernt, und als sie von der Verabredung zum Abendessen mit mir erzählt hatte, haben die beiden dann ganz spontan Miguels Freund José eingeladen, sie zum Essen zu begleiten. Das sind so ganz die Situationen, die ich am meisten verabscheue. Um bei einer Verabredung nicht fünftes Rad am Wagen zu sein, wird rasch irgendein Freund gebeten, sich um die Übriggebliebene zu kümmern. Ehrlich, da bin ich lieber mit einem frisch verliebten Pärchen alleine als so. José war gut trainiert für seine Rolle, war äußerst aufmerksam, beinahe fürsorglich und machte mir Komplimente. Das charmante Plaudern mit ihm war durchaus angenehm, dennoch konnte ich den Gedanken an diese bestellte Verabredung nicht verdrängen. Außerdem, obwohl er wirklich gut aussah, war José so absolut nicht mein Typ, denn er hatte einen Bart und ich hasse Männer mit Bart. Nicht, dass sie schlecht aussehen würden, nein, zu ihm passte der Bart hervorragend, doch Männer mit Bart sind indiskret. Und mit indiskret meine ich in diesem Fall, dass es mir absolut unmöglich ist, einen Mann mit Bart zu küssen, ohne am nächsten Tag durch verräterische rote Flecken in meinem Gesicht verraten zu werden. Das war schon immer so, dass meine zarte Gesichtshaut so reagierte, und da sich diesbezüglich auch nie ein Gewöhnungseffekt einstellte, hielt ich Abstand, sobald mir ein Mann mit Bart begegnete. Nach dem Abendessen stand der obligatorische Strandspaziergang auf dem Programm und an Sophies flehendem Blick konnte ich erkennen, dass eine Weigerung meinerseits einen neuerlichen Weltschmerz heraufbeschwören würde. Also trabten wir los, Sophie und Miguel Hand in Hand voran, dahinter ich mit José. Schon durch die große Handtasche auf meiner Schulter blieb der Sicherheitsabstand gewahrt. José faselte irgendetwas von toller Frau und beeindruckend, was mich schließlich zu absoluter Ehrlichkeit bewog. Ich machte ihm unmissverständlich klar, dass da nichts mit mir laufen würde, dass ich nicht an Urlaubsbekanntschaften interessiert war und es absolute Zeitverschwendung sei, mich anzubraten. Statt nun die Flucht zu ergreifen, lächelte er bloß und sagte: „In Ordnung", plauderte charmant weiter und machte keinerlei Anstalten, mir zu nahe zu kommen. Zu meiner großen Überraschung war auch er es, der für den nächsten Tag ein weiteres Treffen zu viert vorschlug. Er wolle uns ein bisschen die Insel, seine Heimat, zeigen und während ich noch mit der Antwort zögerte, hatten Sophie und Miguel bereits begeistert zugestimmt und alles vereinbart. So verabschiedete ich mich vor dem Hotel von Miguel und José mit einem raschen „Bis morgen dann!" und ging schnell hinein, damit sich Sophie noch Zeit für ihren Abschied von Miguel nehmen konnte. Dies dürfte sie auch ausgiebig getan haben, denn erst eine halbe Stunde später erschien sie mit geröteten Wangen und seligem Grinsen in unserem Zimmer. Bis in die frühen Morgenstunden hörte ich wortkarg ihrem Schwärmen von Miguel zu und vernahm auch immer wieder ihre Bemerkungen über José und was für ein großartiger Mann er sei und was für ein tolles Paar wir wären. Ich kenne Sophie lange genug, um zu wissen, dass dies Situationen waren, in denen sie weder Widerspruch duldete noch Wert auf Kommentare oder Antworten legte, also hörte ich zu und schlief dann erschöpft ein.

Der nächste Tag, unser letzter auf Ibiza, war tatsächlich beeindruckend. José erwies sich als ausgezeichneter Reiseführer und führte uns an Plätze, die wohl die wenigsten Touristen kennen. Wir kamen tatsächlich an unserem letzten Tag noch in den Genuss, die Insel von ihrer ursprünglichen und faszinierenden Seite kennenzulernen, weitab von touristischer Hektik und Zurschaustellerei. Ich genoss diesen Tag vor allem auch deshalb, da José zwar charmant und zuvorkommend war, mich weiter mit Komplimenten überhäufte, jedoch keinerlei Anstalten machte, mir zu nahe zu kommen. „Er hat verstanden“, dachte ich erleichtert und war beeindruckt von seiner kultivierten Art und Haltung. Zum Ausklang dieses zauberhaften Tages gingen wir nach dem Abendessen tanzen und José erwies sich auch als ausgezeichneter Tänzer. Auf dem Weg zurück ins Hotel fragte er dann, ob er mich wenigstens zum Abschied küssen dürfe. „Nein!“, antwortete ich rasch und bestimmt und wieder schien er nicht beleidigt zu sein, lächelte und gab mir seine Visitkarte. „Komm wieder!“, sagte er nur. „Mal sehen“, sagte ich, kritzelte meine Telefonnummer auf ein Papier, bedankte mich für diesen schönen Tag und Abend, wünschte ihm alles Gute und ging, ohne mich nochmals umzudrehen, ins Hotel. Diesmal verging eine Stunde, bis auch Sophie am Zimmer war und in dieser Stunde kreisten meine Gedanken immer wieder um diesen schönen Tag und um José. Sophie riss mich aus meinen Gedanken, denn ihrem glücklichen Lächeln folgten sogleich bittere Tränen wegen des Abschieds und Pläne für weitere Reisen nach Ibiza, um das gemeinsame Leben mit Miguel aufzubauen. Einerseits tat sie mir leid in ihrem Abschiedsschmerz, andererseits versuchte ich, ihr zumindest ein bisschen Realitätssinn zu vermitteln. Gleichzeitig jedoch spürte ich da auch so etwas wie Neid darauf, dass sie sich einfach so fallen lassen konnte in das Glück des Augenblicks, und ich fragte mich, ob ich José nicht vielleicht doch hätte küssen sollen, wenigstens zum Abschied.

So flogen wir beide am nächsten Tag zurück nach Hause. Sophie plapperte unentwegt über ihre neue große und einzig wahre Liebe, während ich schweigend im Flugzeug neben ihr saß und beim Gedanken an José das Gefühl hatte, als würde mein Herz brechen.

Diese Gedanken waren rasch verschwunden, als ich am nächsten Tag im Büro eintraf. Eine kurzfristig angesetzte Besprechung holte mich rasch aus meinen Urlaubsgedanken zurück und trotz nun offensichtlichem Bemühen meiner Assistentin wartete jede Menge Arbeit auf mich. Unglaublich, was sich im Laufe einer Woche so ansammelte. So dauerte mein erster Arbeitstag nach dem Urlaub viel länger, als ich ursprünglich vorhatte, und auf das Abendessen mit Sophie beim Spanier musste ich verzichten. Ziemlich geschafft kam ich erst gegen neun Uhr abends nach Hause und hört schon beim Aufsperren das Klingeln des Telefons. Mit dem Gedanken „Was ist denn jetzt schon wieder?“, hob ich ab und nannte mürrisch meinen Namen. Ich war total überrascht, als ich Josés Stimme hörte. Er wollte wissen, ob ich gut angekommen sei, wie mein Tag im Büro war und nachdem wir beinahe eine Stunde telefoniert hatten, fragte er: „Wann kommst du wieder?“ Diesmal fiel mir nicht sofort eine Antwort darauf ein und nach einem kurzen Schweigen sagte ich zu meiner eigenen Überraschung: „Bald vielleicht.“ Kaum hatte ich aufgelegt, bereute ich schon diese Antwort. „Was soll der Blödsinn?“, sagte ich zu mir selbst und hegte die Befürchtung, Sophie hätte mich mit ihrer Leichtgläubigkeit angesteckt. So verging auch der nächste Tag mit viel Arbeit, doch als ich abends nach Hause kam und das Telefon klingeln hörte, hob ich diesmal in der Hoffnung ab, dass es José wäre. Tatsächlich. Wieder telefonierten wir beinahe eine Stunde lang und als er fragte, wann ich wieder nach Ibiza käme, schien sich mein Verstand nun komplett verabschiedet zu haben und ich hörte mich sagen: „Ich werde morgen mal nach Flügen sehen und wann ich Urlaub nehmen kann." „Durchgeknallt, komplett durchgeknallt!", ging es mir nun die halbe Nacht durch den Kopf, bis sich plötzlich der Gedanke „Wieso eigentlich nicht?", einschlich. Da ich nicht schlafen konnte, suchte ich im Internet nach Flügen, überprüfte meinen Terminkalender und stellte fest, wenn ich drei Termine, die für nächste Woche geplant waren, verschieben könnte, so könnte ich am Montag für eine Woche nach Ibiza fliegen. Nach nur zwei Stunden Schlaf bat ich meine Assistentin, diese drei Termine zu verschieben, zwei davon wollte ich noch in dieser Woche unterbringen, den dritten nach meiner Rückkehr. Ich nahm mir fest vor, wenn dies so wie vorgesehen klappte, so würde ich Urlaub machen. Wenn jedoch nicht, dann blieb ich hier. Es dauerte nicht einmal lange, bis meine Assistentin mir die gewünschten Terminverschiebungen bestätigen konnte. „Gut", dachte ich. „Also mal sehen, was der Boss dazu sagt.", und war gleichzeitig überzeugt, dass er einen so spontanen Urlaub nicht genehmigen würde. Also ging ich, gefasst auf eine Absage, in sein Büro und brachte mein Anliegen vor. „Kein Problem, Sie haben sich Urlaub redlich verdient", antwortete er zu meiner Überraschung. „Wahrscheinlich sind die Flüge längst ausgebucht", dachte ich nun, in der Hoffnung, dass mich irgendetwas von diesem unsinnigen Vorhaben abhalten könnte. Also ging ich in der Mittagspause in ein Reisebüro. Auch das war kein Problem und schon hatte ich das Flugticket in Händen. Da stand ich nun mit dem Flugticket in der Hand, zweifelte gänzlich an meinem Verstand und überlegte, ob es nicht doch noch irgendetwas geben könnte, das diese Reise verhindern könnte. Doch statt einem Hindernis fiel mir der Lieblingssatz meiner Schwester ein: „Was sein soll, geht leicht“ und so freundete ich mich mit dem Gedanken an, dass meine überstürzte neuerliche Reise nach Ibiza eben sein sollte.

So saß ich nun knapp eine Woche später am Flughafen und wartete auf das Boarding meines Fluges nach Ibiza. Auch diesmal wieder ein verspäteter Abflug, allerdings war es nicht die verlorene Zeit wegen der Arbeit, die mich jetzt ärgerte. José tat mir leid, der mich am Flughaben erwartete. Ich versuchte den Gedanken an das Wiedersehen mit ihm, so gut es ging, zu verdrängen, da ich merkte, dass es mich unglaublich nervös machte, und als das Flugzeug gelandet war, applaudierte ich begeistert. In dem Augenblick, als José vor mir stand, war meine Nervosität wie weggeblasen, ich ging auf ihn zu und küsste ihn mit einer mir selbst ganz fremden Selbstverständlichkeit. Er lächelte, nahm meine Koffer und wir gingen einer berauschenden Urlaubswoche entgegen. Es war wie im Traum, keine roten Flecken im Gesicht, obwohl er immer noch seinen Bart trug und wir uns wieder und wieder küssten. Die Woche verging wie im Flug, keine Sekunde lang dachte ich an die Arbeit, keinen Gedanken verschwendete ich an die Zeit nach meiner Abreise. Als José mich wieder zum Flughafen brachte, hatte ich wieder jenes Gefühl, als würde mir das Herz brechen. Als er das Flughafengebäude verließ, drehte er sich noch einmal um und ich hatte plötzlich das Bedürfnis, ihn zu bitten, nicht zu gehen, doch ich winkte nur kurz, drehte mich um und ging in die andere Richtung.

Gleich nach der Landung rief ich noch vom Flughafen José an, um ihn wissen zu lassen, wie sehr er mir bereits jetzt fehlte. Doch statt der erwarteten liebevollen Antwort, dass es ihm ebenso ginge, war nur ein griesgrämiges Brummen zu vernehmen. Ich schob es auf die schlechte Telefonverbindung und nahm erwartungsvoll sein Versprechen, sich bald zu melden, zur Kenntnis. Seither sind 11 Monate vergangen und alles ist wieder so, wie es vor dieser Reise war.

Von José habe ich nichts mehr gehört, was ich mittlerweile mit ruhiger Gelassenheit zur Kenntnis nehme, denn was kann man schon von einer Urlaubsbekanntschaft erwarten. Diese Gelassenheit habe ich vor allem dadurch gewonnen, dass in all meinen Atlanten nun jene Seite fehlt, auf der Ibiza eingezeichnet war. Auch meinen antiken Globus habe ich meinem neuen Weltbild angepasst und finde mittlerweile Gefallen an diesem Loch im Mittelmeer. Von meiner besten Freundin Sophie musste ich mich leider trennen, da ihr Lieblingssatz „Das kommt mir Spanisch vor!" keinesfalls zu meiner Weltanschauung passte. Die spanischen Kunden werden mittlerweile von meiner Assistentin betreut, seit ich ihnen bei einem Meeting meine Meinung über den Charakter spanischer Männer sehr deutlich ins Gesicht sagte. Mein Auto, das ich letztes Jahr noch voller Stolz gekauft habe, ist mittlerweile verschrottet, aber ein Seat Ibiza passt eben nicht zu mir. Gestern hatte ich einen äußerst erfolgreichen Tag, denn es ist mir gelungen, unbemerkt in neun Buchhandlungen in der Innenstadt sämtliche Atlanten dem Bild der neuen Welt anzupassen. In der neunten. Buchhandlung, als ich gerade verstohlen nach einem Atlas griff, um die Seite mit Ibiza unbemerkt zu entfernen, stand ein junger Mann vor mir und wollte ebenfalls diesen Atlas nehmen. Als ich das kleine Stanley-Messer in seiner Hand bemerkte, lächelte ich verständnisvoll und fragte nur: „Welches Land?", und er antwortete wehmütig: „Korsika." Für heute Abend sind wir verabredet. Bei einem gemütlichen Essen wird er mir seine Geschichte erzählen. Und wer weiß, vielleicht werden wir künftig gemeinsam durch Buchhandlungen marschieren, um Landkarten und Atlanten dem neuen Weltbild anzupassen.

Spuren

Auf der Suche nach den Spuren,
die du in meinem Leben hinterlassen hast,
habe ich Spuren entdeckt,
die ich längst verwischt geglaubt.
Auch Spuren von Menschen, von welchen ich annahm,
sie wären spurlos an mir vorübergegangen.
Und an manchen Stellen vermischten sich ihre Spuren so sehr,
dass ich nun nicht mehr weiß, um wen ich weine.
Doch ich weiß jetzt, dass ich das Gespür dafür wieder gefunden habe,
was mich irgendwann einmal berührt hat.

Bedingungslos

Will dich spüren,
dich berühren,
mich in Zeit und Raum verlieren.
Will nichts denken,
nichts mehr lenken,
mich bedingungslos dir schenken.
Lass mich gehen,
lass geschehen,
werd nicht mehr nach hinten sehen.
Gibt auch kein Morgen,
keine Sorgen,
dieses Glück will ich mir borgen.
Und am Ende
dieser Wende
reib zufrieden ich die Hände.
Hab's gewagt,
nicht verzagt,
und nichts weiter mehr gefragt.

Verletzt

Da lag ein Mensch, ganz schwer verletzt,
ich bin an ihm vorbeigehetzt.
Tat ihm nicht helfen, sah nicht hin
und merkte nicht, dass ich es bin,
die da liegt in Schmerz und Leid,
vergeblich laut um Hilfe schreit.
Hab das Schreien ignoriert,
so den Schmerz erst nicht gespürt.
Jetzt seh ich hin und bin erschreckt,
wie viel an Schmerzen in mir steckt
und weine all die bittren Tränen,
die sich nach Erlösung sehnen.
Der Schmerz ist groß, doch er darf sein,
so stellt sich auch die Heilung ein.
Nicht mehr Verdrängen, ich schau hin
und weiß, dass ich verletzlich bin,
verletzlich und zutiefst verletzt,
doch diese Wunden heilen jetzt,
da ich nicht tu, als wär'n sie nicht,
heilen sie an Luft und Licht.
Verborgen einst, war's ein Geschwür,
doch jetzt, wo ich die Schmerzen spür,
sind die Wunden auch mein Teil
und werden endlich, endlich heil.

Phoenix oder die Schwester von Ikarus

Ja, ich gebe es zu: Auch ich gehöre zu den Mittvierzigerinnen auf dem Selbstfindungstrip. Außerdem, und das fällt mir schon schwerer zuzugeben, gehöre ich zu den Extremfällen. Ich gehöre also zu jenen, die diesen Pfad der Selbstfindung mit Rundumschlägen beginnen und alles, woran sie jahrzehntelang mühsam und verbissen gebaut haben, mit plötzlicher Brachialgewalt niederreißen, Ruinen zurücklassen und den Anblick dieses Trümmerhaufens auch noch mit Stolz betrachten.

So fühlte ich mich wie Phoenix, der aus der Asche emporsteigt und nun über den Dingen steht, um nun, neu geboren, aufzubrechen zu neuen Ufern. Doch seit einigen Tagen beschäftigt mich eine Frage, allerdings ganz still, nur für mich. Denn den Mut, diese Frage auch laut zu stellen, bringe ich nicht auf. Das liegt wohl in erster Linie auch daran, dass ich befürchte, dass mir die Antwort auf diese Frage nicht gefallen könnte. Auch habe ich Angst davor, bei einer entsprechenden Antwort auf diese Frage meinen Kurs wieder ändern zu müssen und Veränderungen gab es – weiß Gott – mehr als genug in letzter Zeit in meinem Leben.

All das ist Grund genug, diese Frage nicht laut zu stellen. Dennoch beschäftigt sie mich mehr und mehr und lässt mich nicht mehr los. Und so frage ich mich – ganz leise – nur für mich alleine – immer und immer wieder:

Hat Ikarus gedacht, er sei Phönix? Denn wenn es so wäre, wer sagt mir, dass es nicht Größenwahn ist, der mich nun glauben lässt, fliegen zu können und der Sonne näherzukommen? Bin ich also Phoenix, der sich aus der Asche erhebt oder bin ich die Schwester von Ikarus, die glaubt, fliegen zu können und in besessener Blindheit ihren Absturz im freien Fall für das Fliegen hält?

Phoenix oder die Schwester von Ikarus? Eine nicht unwesentliche Frage. Und dennoch wage ich es nicht, sie laut zu stellen, denn egal wie die Antwort auch ausfällt, eines ist gewiss: Ich bin nicht aufzuhalten!

So hoffe ich nun, dass ich Phoenix bin und halte Ausschau nach einem Fallschirm – nur zur Sicherheit.

Was ich mir wünsche

Ich will, dass du mich siehst,
wahrnimmst in meiner ganzen Dimension,
begreifst, dass ich weiterhin ich bin,
selbst wenn ich nicht so bin, wie ich gestern war
und auch morgen nicht mehr wie heute sein werde.
Ich wünsche mir, dass du hinschaust
ohne Angst, etwas zu sehen, was dir vielleicht nicht gefällt.
Und selbst dann, wenn du genau das siehst, was du nicht sehen wolltest,
einfach nur akzeptierst, respektierst, dass ich es bin.
Ich wünsche mir, dass du mir in die Augen siehst
und darin erkennst, dass ich bin wie du:
Nur ein Mensch, der lebt und liebt.

Feuer

Also mal ganz ehrlich: Haben Sie nicht auch schon die Nase voll von all diesen klugen, salbungsvollen Sprüchen und Lebensweisheiten? Immer mehr Menschen zitieren Lebenshilfeklassiker, sprechen vom positiven Denken und dem Abwerfen von Ballast, suchen nach Entspannung in teuren Meditationsseminaren und bemühen Horoskop und Orakel für jede anstehende Entscheidung. „Nichts als Geschäftemacherei und fauler Zauber", habe ich noch vor einem Monat aus tiefster Überzeugung dazu gesagt. Aber dann war da jene Sache mit dem Feuer und seither ist alles irgendwie anders. Nein, ich leide nicht mehr an den Folgen der Rauchgasvergiftung, die mein immer perfekt funktionierendes Gehirn nun vernebeln. Es ist tatsächlich alles ganz anders und nichts, wirklich gar nichts mehr ist so wie vorher. Und dabei fing alles so harmlos an.

Ich war wieder an jenem Punkt angelangt, an dem ich feststellen musste, dass der Platz in meiner Wohnung nicht ausreicht. Nicht nur der Kleiderschrank quoll über, auch die Schreibtischschubladen ließen sich kaum noch schließen und zahlreiche Ordner standen am Boden. Ich verfluchte sie jedes Mal, wenn ich mir die Zehen daran stieß. Klar, aussortieren ist da die Lösung, doch was? So vieles gab es da, was ich vielleicht doch noch einmal brauchen könnte und so vieles, was Erinnerungen wach rief. Nicht immer die besten Erinnerungen zwar, doch auch sie gehören zu meinem Leben. Was also soll ich weggeben? Da die Variante mit der Anmietung einer größeren Wohnung aus finanziellen Gründen ausschied, entschloss ich mich nun schweren Herzens, die Fülle meiner Schätze auf Verzichtbares zu durchforsten. Das Ergebnis war nicht gerade berauschend, denn außer ein paar längst abgelaufenen Gutscheinen und einigen doppelt ausgedruckten Computerdokumenten schien nichts wirklich Überflüssiges dabei zu sein. Also startete ich einen zweiten Durchgang, fest entschlossen, nun großzügig einigen Dingen endgültig Lebewohl zu sagen. So saß ich nun mitten in einer Fülle von Fotos und der Anblick der Hochzeitsbilder trieb mir die Tränen in die Augen. Was war ich doch für eine schöne, glückliche Braut und wie jung ich damals aussah! Nein, so etwas wirft man doch nicht in den Müll. Obwohl diese Erinnerung an die letztendlich gescheiterte Ehe nun auch all den Mist zu Tage förderte, den ich in den letzten Monaten dieser Beziehung durchlebt hatte. „Man muss erst Altes endgültig loslassen, bevor Neues entstehen kann", klang der salbungsvolle weise Rat meiner Schwester in meinem Ohr. „Blödsinn", dachte ich, legte die Hochzeitsfotos wieder sorgfältig zurück in die Lade und nahm mir den nächsten Stapel Papier vor. Bald fiel mir ein zerknitterter, vergilbter Zettel in die Hände. „Himbärwasser ist aus. Himbär", las ich auf dieser handschriftlichen Nachricht meines Ex-Mannes und diesmal heulte ich wie ein Schlosshund über die längst vergangene Zeit. Kaum hatte ich mich wieder halbwegs beruhigt, hielt ich die Glückwunschkarten zu unserer Hochzeit in der Hand. Erneut überkam mich das heulende Elend. In absolutem Selbstmitleid versunken beendete ich mein Vorhaben und weinte mich in den Schlaf. Wegen zahlreicher wichtiger Geschäftstermine blieb in der darauf folgenden Woche keine Zeit, nochmals in diesen Unterlagen voller Erinnerungen zu wühlen, doch während der ganzen Woche haben mich die Gedanken an meine gescheiterte Ehe nicht losgelassen. In entsprechend niedergeschlagener Stimmung fasste ich nun Freitagabend den Entschluss, diesem Spuk nun ein für alle Mal ein Ende zu bereiten. Gleich Samstagmorgen begann ich sämtliche Schränke und Laden zu leeren. Die Wohnung war nun ein einziges Chaos und bot ein Bild, als hätte eine Bombe eingeschlagen. Mitten in diesem Chaos saß ich am Boden und beweinte mein tragisches Schicksal, bis ich vor lauter Erschöpfung einschlief. Als ich am Sonntag mitten in diesem Durcheinander wie gerädert erwachte, holte ich entschlossen den größten Kochtopf aus der Küche, den ich besaß. Mit dem kleinen zerknitterten Zettel fing ich an, zündete ihn an und legte ihn in den Topf. Wie hypnotisiert starrte ich in die Flamme und beobachtete das Vergehen dieses kleinen Stückchens Papier. Fasziniert von diesem Anblick folgten nun weitere Zettel, Briefe, Glückwunschtelegramme und Fotos. Der Rauch biss in meinen ohnehin durchs Weinen schon geröteten Augen, doch das störte mich nicht. Visitkarten, Telefonnummern, Kinokarten und Theaterprogramme folgten und ich holte weitere Töpfe aus der Küche, da es mir nun nicht schnell genug ging. Ich schwitzte neben den Feuertöpfen, doch mit jedem Stück, das verbrannte, fühlte ich mich befreiter und glücklicher. Wie im Rausch schleppte ich Stück für Stück an, um es zu verbrennen und fasziniert von der Kraft der Flammen sparte ich mir schon bald das Auswahlverfahren und nahm einfach alles, was so um mich herumlag. Ich war einfach nicht mehr zu bremsen.

Das nächste, woran ich mich erinnern kann, ist jener ganz eigene Geruch, den Krankenzimmer verströmen. Stimmen klangen in meinem Kopf, Worte, erst bruchstückhaft, drangen an mein Ohr. „Gott sei Dank, sie wacht auf!“, hörte ich die besorgte Stimme meiner Mutter und spürte eine Hand, die nach meiner griff. Ich versuchte, die Augen zu öffnen, doch die Lider fühlten sich so schwer an. „Vom vielen Weinen“, dachte ich und die Erinnerung an die tänzelnden Flammen ließen meinen Mund lächeln. Ich spürte die Hand, hörte die Stimmen und schlief beruhigt ein. Man erzählte mir, dass ich zwei Tage lang geschlafen hätte, was meinen Lungen, die durch den starken Rauch etwas angegriffen waren, äußerst gut tat. So erholte ich mich sehr rasch und um gänzlich zu genesen, bin ich seit einer Woche hier im Sanatorium. Es liegt auf einer Anhöhe mitten im Wald. Seit gestern habe ich einen Begleiter auf meinen langen Spaziergängen. Schon am ersten Tag fiel er mir auf – groß, stattlich mit dunklem Haar und einem spitzbübischen Lächeln. Seine Stimme erinnert mich an Dean Martin und nicht nur das gefällt mir an ihm. Beim ersten Mittagessen steckte er mir eine Papierserviette zu, auf welcher er die Frage nach einem Rendezvous geschrieben hatte. Ich mag seine Schrift und jeden Morgen finde ich eine Nachricht von ihm auf meinem Frühstücksplatz. Ich habe mir bereits einen leeren Schuhkarton organisiert, in welchem ich diese Botschaften aufbewahre, denn es stimmt tatsächlich: Jetzt, wo das Alte vergangen ist, habe ich Platz, viel Platz für Neues.

Gefühlchen

Ich habe mich gestern beim Fühlen erwischt,
ihr habt keine Ahnung, wie furchtbar das ist!
Ein Kopfmensch wie ich, der vernünftig stets denkt,
wird plötzlich von den Gefühlen gelenkt!
Ich fühl mich verraten, hintergangen, betrogen,
da hat mich doch jemand ganz schrecklich belogen.
All diese Jahre ließ man mich glauben,
mir kann nichts und niemand den Verstand jemals rauben.
Doch gestern Abend, da ist es geschehen,
ganz kurz hat mein Hirn mal nicht hingesehen
und schon war es mit der Kontrolle vorbei
und setzte ein Gefühlchen frei.
Als ich es bemerkt, war ich so erschreckt
und hab das Gefühl rasch wieder versteckt.
Doch heute da mach ich mir große Sorgen,
sind da vielleicht noch mehr Gefühle verborgen?
Was mache ich bloß, wenn sie rebellieren,
hab Angst, die Kontrolle dabei zu verlieren.
Gefühle? Ich? Das kann nicht sein.
Das bilde ich mir nun bloß ein.
Ich bin ein Kopfmensch, schlau und klug,
ein Gefühl gestern Nacht, das war nur Betrug.
Dieses Gefühl, das war nicht echt.
Nein, ich hab ganz sicher recht.
Gefühle? Ich? Das wär' doch gelacht.
Das hat sich jemand ausgedacht,
um mich zu prüfen, mich zu testen,
da hält mich jemand bloß zum Besten.
Und dennoch? Wenn es doch so wär'?
Wo kommt dann dieses Fühlen her?
Ich dreh mich im Kreis, kann kaum noch denken.
Wie kann ich mir wieder Vertrauen schenken?
Vertrauen darauf, dass ich Kopfmensch bin,
Gefühlsduselei geb' ich mich doch nie hin.

Bin intelligent mit Hirn und Verstand,
geb' die Kontrolle nie aus der Hand.
Ich kann es nicht brauchen, dieses Gefühl,
da ich viel lieber nur denken will.
Das kann ich gut, das ist mir vertraut,
darauf hab ich all diese Jahre gebaut.
Das ist meine Stärke, das bin ich gewohnt
und wird auch von anderen immer betont.
Drum lass ich das Fühlen ganz rasch wieder sein,
und sperre es sicher ganz tief und fest ein.
Oder noch besser, ich bin ja nicht dumm,
ich bringe das Fühlen ganz einfach um.
Ich muss ja niemandem etwas verraten,
auch andere vergraben Leichen im Garten.
Da kann das Gefühl ganz rasch verwesen,
außerdem ist es ja Notwehr gewesen.
Denn dieses Gefühl hat mein Leben bedroht.
Und dafür verdient es ganz einfach den Tod.
Hab alles im Griff, kann nichts mehr passieren,
werd mich nie in Emotionen verlieren.
Gerettet mein Leben, Hirn und Verstand,
hab alles ganz sicher in meiner Hand.
Gefühlchen begraben und stört nicht mehr.
Doch wo kommen plötzlich die Tränen her?

Selbstverwirklichung

Wieder so ein Tag, an dem ich untätig zu Hause herumhänge. Da läutet es an der Türe, immer noch im Bademantel, obwohl schon früher Nachmittag, öffne ich.

Vor mir steht eine perfekt gestylte Frau – Designerkostüm, dezent, elegant, schlicht, dennoch nicht einfach, auffällig ohne aufzufallen. Das Make-up ist ebenso tadellos – unterstreicht ihre Vorzüge, setzt Akzente, ohne aufdringlich oder gar künstlich zu wirken. Und die Frau selbst ist ebenso makellos – nicht zu groß und nicht zu klein, nicht zu dick und nicht zu dünn, nicht zu alt und nicht zu jung. Auch ihre Stimme, die nicht zu tief und nicht zu schrill ist, passt in dieses Bild, bei dem einfach alles passt und sie sagt: „Guten Tag, ich bin die Selbstverwirklichung."

Hocherfreut bitte ich sie einzutreten, denn schließlich warte ich schon eine Ewigkeit auf sie. Ich bin erleichtert über ihr ansprechendes Erscheinungsbild und vor allem über die Klarheit, mit der sie spricht, denn ich hatte schon befürchtet, dass ich sie vielleicht nicht erkennen würde, wenn sie mir endlich begegnet.

Doch genau in diesem Moment meiner Erleichterung betritt sie die Wohnung und das Designerkostüm wird augenblicklich zu einem Bademantel, ihr Make-up verschwindet hinter starken Stirnfalten, die Haare wirken unfrisiert, um etliche Kilos schwerer schlurft sie im Bademantel Richtung Sofa und nimmt Platz. Sie schlägt die zu kräftigen Beine übereinander, die unschöne Cellulitisdellen zeigen.

Da sitzt sie nun auf meinem Sofa, gänzlich verwandelt und ich starre sie geschockt an, um plötzlich zu erkennen: Sie sieht aus wie ich!

Ich fühle mich wie gelähmt, starre weiter auf dieses so andere Bild, das sich mir nun zeigt und hoffe, sie würde sich wieder zurückverwandeln. Doch umso mehr ich sie so ansehe, erkenne ich mehr und mehr Unzulänglichkeiten, die weiter und weiter weg führen von diesem ursprünglichen Bild einer perfekten Frau. Da sind die Zähne, gelblich gefärbt von übermäßigem Zigarettenkonsum, die breiten, unweiblichen Hände, leicht angeschwollen und schlecht durchblutet, statt der aufrechten Haltung sitzt sie nun mit hängenden Schultern und rundem Rücken vor mir und ihre einst strahlenden Augen wirken farblos, traurig und leer.

Da sie keinerlei Anstalten macht, sich wieder zurückzuverwandeln, hoffe ich nun, dass sie wieder gehen würde, einfach verschwindet, denn ihr Anblick irritiert mich, schockiert mich, ärgert mich und wird unerträglich. Dennoch schaffe ich es nicht, den Blick von ihr abzuwenden. Sie sitzt wie selbstverständlich da auf meinem Sofa und wiederholt nun mit rauchiger, kratziger Stimme: „Ich bin die Selbstverwirklichung." „Blödsinn", antworte ich rasch und ärgerlich und denke mir, wenn so die Selbstverwirklichung aussieht, kann ich gerne auf sie verzichten. Ich muss sie loswerden, denke ich weiter und murmle irgendetwas von „ungelegen" und „Termine" und fordere sie auf zu gehen. Doch diesen Gefallen tut sie mir nicht. Sie sitzt da und tut einfach nichts! Ich könnte vielleicht die Polizei rufen, denke ich. Doch diesen Gedanken verwerfe ich wieder, da mir bewusst wird, dass mich die Polizei für verrückt erklären würde, wenn sie eine Frau aus meiner Wohnung werfen soll, die genauso aussieht wie ich und noch dazu behauptet, sie wäre die Selbstverwirklichung. Also versuche ich es noch einmal mit einer höflichen, doch bestimmten Bitte an sie, meine Wohnung wieder zu verlassen. „Das geht nicht mehr", sagt sie. „Wieso?", frage ich sofort in der Hoffnung, doch noch einen Weg zu finden, sie los zu werden.

„Nun", sagt sie, „du musst wissen, dass ich immer da bin, immer da war und immer da sein werde. Früher hast du mich nur nicht gesehen, aber jetzt ist es an der Zeit, dass du mich ansiehst." „Aber wieso kannst du dann nicht wenigstens so aussehen wie vorhin, als du an meiner Türe geläutet hast?", gebe ich meiner Hoffnung Ausdruck, doch noch alles zum Guten zu wenden.

„Weil ich so nicht aussehe", antwortet sie ungerührt. „Ich habe mir diese Gestalt nur ausgeborgt, damit du mir vertraust." „Das verstehe ich nicht", antworte ich irritiert.

„Sieh her", antwortet die Selbstverwirklichung und hält plötzlich ein Fotoalbum in ihren Händen. „Das bin ich und das und das hier und hier auch", kommentiert sie lauter Fotos von mir und meinem Leben. „Aber das bin ich", entgegne ich. „Eben!", sagt die Selbstverwirklichung und lächelt stumm.

Nachdenklich blättere ich in dem Album, sehe zwischendurch immer wieder die Gestalt auf meinem Sofa an und langsam wird mir klar, was sie meint. Sie ist ich und ich bin sie, also bin ich selbst die Verwirklichung, was auch immer ich tue, wo auch immer ich bin und wie auch immer ich aussehe. Ich bin – wirklich. Und in dem Moment, wo mir das klar wird, ist plötzlich auch jene Person auf meinem Sofa, die aussah wie ich, verschwunden. „Schade", denke ich, „schade, dass sie nicht aussieht, wie jene perfekte Frau eben an der Türe", und wieder blättere ich nachdenklich in dem Fotoalbum, welches sie zurückgelassen hat. Während ich die Bilder meines Lebens betrachte, kommt dann und wann so etwas wie Freude und manchmal gar Stolz in mir auf. Ich stehe auf und gehe ins Badezimmer, lächle versöhnlich meinem Spiegelbild zu und sage laut: „Ich bin – wirklich!"

Feuerlauf

Setz bewusst nun meine Sohlen
auf den glühend Kohlen auf
und begebe mich nun vorwärts
auf des Lebens Feuerlauf.
Tief in mir ist die Gewissheit,
dass ich einfach alles kann,
wenn ich an meine Stärken glaube,
unbeirrbar geh ich's an.
Habe Grenzen überwunden,
lasse Ängste hinter mir,
heute setz ich erste Schritte,
dieser Weg beginnt nun hier.
Jeder Schritt in meine Leben
ist bewusst von mir gewählt
und die Klarheit der Entscheidung
kraftvoll mir den Rücken stählt.
Staunend, stolz und tief zufrieden
geh durch Feuer ich und Glut,
aus der Angst wird Energie –
und ich fühl mich frei und gut.

Am Wendekreis des Steinbocks

Nachdem ich Silvester und Neujahr mit Grippe im Bett verbracht hatte, begann dieses Jahr nicht gerade erfreulich. Auch der gleich darauf folgende Scheidungstermin setzte mir emotional zu, obwohl wir bereits seit über einem Jahr getrennt lebten und die amtliche Scheidung eigentlich längst nur „reine Formsache“ war. Ich hatte beschlossen, nach der Scheidung wieder meinen Mädchennamen anzunehmen und dieser Entschluss war „mein Lichtblick“, da er mir das Gefühl gab, nun zurück zu meinen Wurzeln zu finden. Doch selbst dieses Vorhaben war nicht so einfach umzusetzen, denn abgesehen von zahlreichen Behördenwegen und Kosten verzögerte sich diese ganze Prozedur durch ein paar Fehler des zuständigen Standesamts. Kaum hatte ich jedoch diese Hürden überwunden, es waren knapp drei Wochen nach der Scheidung vergangen, präsentierte mir mein Chef ohne jede Vorwarnung, ohne jedes Vorgespräch, die Kündigung. Ich kam mir vor, als wäre ich im Kino und sehe all das nur als Film. Ich fühlte mich im ersten Moment absolut unbeteiligt an all dem, was da um mich geschah.

An diesem Tag schrieb ich in der Früh – noch nichts ahnend von einer bevorstehenden Kündigung – folgenden Text:

Wenn das letzte Stückchen alte Erde verbrannt ist
und ich keine Tränen mehr um Vergangenes weine,
Werde ich mich, Phoenix gleich, aus der Asche erheben
und mit neuer Energie aus dem Trümmerhaufen emporsteigen,
um meine Welt zu erobern.
Noch sitze ich mitten im lodernden Feuer
und weine ob der Vergänglichkeit.
Doch tief in mir wächst das Bewusstsein,
dass nur so Neues entstehen kann.
Und ich mache mich bereit,
loszulassen und anzunehmen, was ist.
Mitten in diesem Chaos wächst das Pflänzchen Hoffnung
und bahnt sich seinen Weg empor zum Licht.

Damals hatte ich nicht geahnt, dass bei Weitem nicht alle Erde verbrannt ist, dass da noch weitere Trümmerfelder auf mich warteten. Die einzige Frage, die sich mir jetzt stellte, war die, wo ich dieses Pflänzchen Hoffnung herzaubern soll. Als ich dann meinen letzten Arbeitstag hinter mich gebracht hatte und dieses Büro für immer verließ, stellte sich plötzlich ein Gefühl der Erleichterung ein. Ich hatte dieses Gefühl eigentlich für den Tag meiner Scheidung erwartet, doch da war alles andere als Erleichterung zu spüren.

In diesem neuen, mir unbekannten Gefühl der Erleichterung mit gerade knapp über € 2000,- auf meinem Bankkonto beschloss ich, mir erst einmal einen Traum zu erfüllen und ich buchte eine Woche Urlaub auf Mauritius. Mit dem Flugticket in der Hand und einem Reiseführer ausgestattet, fühlte ich mich nun tatsächlich wie Phoenix. Als ich zu Hause im Reiseführer blätterte, fiel mein Blick auf den Satz „Mauritus – am Wendekreis des Steinbocks“.

„Wie passend für meinen Neubeginn", dachte ich in Anbetracht meines Sternzeichens und freute mich auf diese Reise. Alleine schon wegen der eisigen Kälte, die im Februar in unseren Breitengraden herrschte, war der Gedanke an Sonne äußerst wohltuend. Natürlich machte ich mir auch Gedanken darüber, wie es wohl so sein würde, ganz alleine im Urlaub. Noch nie zuvor war ich alleine im Urlaub gewesen. Nach dem Urlaub mit den Eltern gab es – falls überhaupt – Urlaub mit den Schwestern, mit Freundinnen oder Freunden und dann mit dem Ehemann. Da ich allerdings beruflich viel und alleine gereist war, schien dies kein wirkliches Hindernis zu sein. Das einzige, was mir Gedanken machte, war das Abendessen, denn auch auf meinen Dienstreisen zog ich es vor, gar nicht oder im Zimmer zu essen. Alleine in einem Restaurant fühlte ich mich „wie bestellt und nicht abgeholt".

So trat ich neugierig auf meinen ersten Singleurlaub mit einem neuen Reisepass in den Händen meine Reise in mein neues Leben an. Die verspäteten Abflüge nehme ich mittlerweile mit Gelassenheit zur Kenntnis und nutze die Zeit, um zu lesen.

Ich hatte „All Inclusive" gebucht, so war auch der Transfer vom Flughafen zur Hotelanlage bereits organisiert und bezahlt und freudig ging ich um sechs Uhr früh bei 30 ° auf den bunten Minibus zu, der mich an mein Ziel bringen sollte. Vom ersten Moment an, als ich das Flugzeug verließ, fühlte ich mich „zu Hause". Das Klima empfand ich als durchaus angenehm, die Menschen waren freundlich und das Sprachgemisch von Englisch und Französisch faszinierte mich. Obwohl ich etwas müde vom langen Flug war, betrachtete ich neugierig die Landschaft und staunte über das Grün und die Farbenvielfalt dieser Insel. Im Hotel wurde ich freundlich begrüßt und die Check-In-Formalitäten wurden nicht an der Rezeption, sondern an der Hotelbar bei einem Begrüßungscocktail (alkoholfrei - wegen der Tageszeit) erledigt.

Alles war farbenfroh und bunt, zuvorkommender Service, weißer feiner Sandstrand und die unendliche Weite des Indischen Ozeans. „Ich bin im Paradies“, dachte ich und genoss den Rest des Tages zwischen Strand, Meer und Erkundungsrundgängen. Die Zeit am Strand verbrachte ich auf einem schattigen, idyllischen Plätzchen. Ich war gerade eingenickt, als mich ein Strandverkäufer weckte. Er lobte meine weise Voraussicht, mir einen Platz im Schatten zu suchen und empfahl mir feines, reines Kokosnussöl für die Haut und meinte, er werde mir morgen so ein Öl bringen. Ich empfand es als äußerst angenehm, dass er nicht versuchte, mir seine Waren zu verkaufen und auch nach diesem kurzen Geplauder wieder verschwunden war. Auch die anderen Strandverkäufer – und derer gab es viele – waren absolut nicht aufdringlich. Sie hielten ihre bunten Ketten, Tücher und Taschen in der Hand, grüßten freundlich und gingen weiter. „Wie anders als in Frankreich“, dachte ich und schüttelte mich bei dem Gedanken, wie lästige Strandverkäufer einem kandierte Erdnüsse auf den Bauch schupfen, während man gerade in der Sonne ruht und an einem kleben wie die Fliegen und einfach nicht loszuwerden sind.

Nach einem äußerst angenehmen Tag folgte nun die große Hürde: das Abendessen. Ich gab entschlossen meinen Wunsch „Ein Tisch für eine Person, im Freien“ bekannt, doch als der Kellner fragte: „Eine Person?“, war ich in starker Versuchung ihm mitzuteilen, dass mein Mann leider krank im Zimmer läge. Ich konnte Erklärungen, warum ich allein sei, nur mühsam unterdrücken und zum Glück führte mich der Kellner ohne weitere Fragen zu einem netten Tisch mit Blick zum Meer. Da saß ich nun, erleichtert, diese Hürde geschafft zu haben, und bestellte zur Feier meines Sieges über mich selbst einen halben Liter Weißwein. Ich genoss das vielfältige Essen, den Wein und die Zigaretten. Als mir schließlich einfiel, dass das Essen auch im Beisein meines Ex-Mannes nicht gesprächiger verlaufen wäre, war ich endgültig ausgesöhnt mit meinem Singledasein. Auch beim anschließenden Strandspaziergang gefiel mir der Gedanke, dass ich niemanden dazu überreden musste und dass ich tun und lassen konnte, was ich wollte. Diese Vorstellung verstärkte sich während des gesamten Urlaubs. Keine Fragen, ob man jetzt dies oder das tut, kein Warten auf jemanden, wenn man bereits strandfertig ist, kein vorzeitiges Aufbrechen vom Strand, da man sonst die Sportnachrichten versäumt und ich war absoluter Herrscher der Fernsehfernbedienung.

Zu meiner Verwunderung kam der Strandverkäufer am nächsten Tag tatsächlich mit einer Flasche reinem Kokosnussöl, die er mir sogar schenkte. Er hieß Mike, wir plauderten über Mauritius und was mich hierher geführt hatte, Mike erzählte vom Leben auf Mauritus und meinte, wenn ich wieder käme, könne ich bei ihm wohnen. Dann lud er mich zu einem Ausflug mit seinem Auto ein, um die Insel kennenzulernen. Ich sagte weder zu noch lehnte ich sein Angebot ab. Schließlich meinte er: „Du bist eine ganz besondere und tolle Frau!", und zu meiner eigenen Überraschung hörte ich mich ganz überzeugend antworten: „Ja, ich weiß!" Diese Antwort passte nicht in das Konzept. Nichts war es mit der Überzeugungsarbeit, die so vieles leichter macht. Da war er nun an eine Frau geraten, die ihn nicht braucht, um endlich wieder an sich selbst zu glauben. Was mich an meiner Antwort auch verblüffte, war meine Überzeugung. Ebenso überraschte mich der Gedanke, wie unwichtig es doch ist, ob es nur ein Anmachspruch ist oder nicht. Nach ein paar kurzen Sätzen war Mike wieder verschwunden und ich widmete mich meinem Buch und dem Ruhen im Schatten. Bevor ich gegen Abend den Strand verließ, tauchte Mike wieder auf, lud mich abermals zu einem Ausflug ein und wünschte mir einen schönen Abend.

Das Abendessen war heute keine Hürde mehr und um meiner eigenen Sicherheit beim Aussprechen dieses ungewohnten Satzes „Ein Tisch für eine Person, im Freien" zu unterstreichen, sprach ich diesmal Französisch und folgte stolz und aufrecht dem Kellner zu meinem Tisch. Ein halber

Liter Weißwein, herrliches Essen, Zigaretten und Strandspaziergang wurden mir liebe Gefährten.

Nach dem Strandspaziergang saß ich auf dem Balkon und schrieb ein paar Gedanken nieder. Und um diesen Abend so richtig zu genießen, holte ich mir noch ein Bier aus der Minibar. „Phoenix“ stand auf der Bierdose. „Wie passend“, dachte ich und in der Erinnerung an Vergangenes beschloss ich, es mit den viel zitierten Briefen zu versuchen, in welchen man Ungesagtes niederschreibt und hinter sich lässt, selbst wenn man diese Briefe nicht abschickt. Also begann ich zu schreiben. Da dies bereits meine zweite Scheidung war, schrieb ich nun beiden Ex-Ehemännern. Während mir ein Brief recht leicht fiel, war der zweite Brief, jener an meinen ersten Ehemann um vieles schwieriger und auch schmerzhafter. Gepackt vom Loslassrausch und dem herrlichen Phoenix-Bier schrieb ich nun an einen Freund, mit dem ich eine kurze Beziehung hatte. Kaum hatte ich jedoch die Anrede geschrieben, wusste ich, dass ich nichts mehr schreiben konnte, nichts mehr zu sagen hatte. „Super“, dachte ich, erleichtert, wenigstens eine Beziehung komplett verdaut hinter mir gelassen zu haben. Schließlich schrieb ich noch einen Brief an meinen Cousin, dem ich mich sehr verbunden fühle und der an Krebs erkrankt ist. Diesen Brief schickte ich auch am nächsten Tag ab. Der fünfte Brief war an einen lieben Freund gerichtet, der bei einem Flugzeugabsturz ums Leben kam. Dieser Brief war der wohl schwierigste und tränenreichste, den ich in dieser Nacht schrieb. Dennoch schlief ich mit dem Gefühl tiefster Erleichterung ein.

Als ich zum Frühstück kam, sah ich lauter Herzen aus Blumen. Alles war geschmückt und dekoriert. Ein Kellner begrüßte mich mit einem charmanten: „Happy Valentine!“ Als ich das Frühstück beinahe beendet hatte, pflückte er eine Blume vom Strauch neben der Terrasse und schenkte sie mir mit einem Lächeln und den besten Wünschen für einen schönen Tag. Ja, das macht Freude und lässt einen Tag gleich großartig beginnen. Nach dem Frühstück spazierte ich zur Bank und vereinbarte einen Termin mit der Betreuerin des Reiseveranstalters für heute Nachmittag. Dann wanderte ich zum Strand, um mir wieder ein schattiges Plätzchen zu suchen und fand eines unter Bäumen. Kaum hatte ich es mir auf der Liege bequem gemacht, erschien schon Mike, wir plauderten kurz und er verschwand. Ein paar Stunden später kam er wieder, setzte sich neben der Liege in den Sand und fädelte Perlen und Steine zu einem Fußkettchen, das er mir zum Geschenk machte. „Danke“, sagte ich und Mike antwortete: „Das ist ein Geschenk, dafür musst du nicht Danke sagen.“ „Er hat recht“, dachte ich und grübelte darüber nach, warum wir dennoch meist einen Dank für unsere Geschenke erwarten. Mike lud mich erneut zu einem Ausflug ein und ich vertröstete ihn auf morgen.

Die Betreuerin vom Reiseveranstalter erschien pünktlich zum vereinbarten Zeitpunkt an der Hotelbar. Es war bei diesem Veranstalter üblich, solche persönlichen Treffen zu vereinbaren, um sicherzugehen, dass alles zur Zufriedenheit der Kunden ist. Da ich in einem der zahlreichen Reiseprospekte über verschiedene geführte Ausflüge gelesen hatte, erkundigte ich mich nach der „Wild, wild West-Tour“, die mein Interesse geweckt hatte. Sie gab mir die Informationen über Preis und Abfahrtszeiten und ich erzählte ihr von dem Angebot des Strandverkäufers, mir die Insel zu zeigen. Sie war überrascht und meinte, dass dies ungewöhnlich wäre, denn die Strandverkäufer bieten schon dann und wann eine Tour mit Booten an, aber von Landausflügen habe sie noch nie gehört. Ich buchte den Ausflug für den vorletzten Tag meines Aufenthalts und freute mich darauf, auch mehr von der Insel zu sehen.

Das Abendessen war schon zur Routine geworden, doch heute verzichtete ich auf den Wein. Es war Mittwoch und Mittwoch ist Yogatag. Das klingt jetzt nach streng konsequenter Gewohnheit, doch außer einem Yogaseminar eine Woche auf Kreta und einer Yogastunde letzten Mittwoch habe ich noch nie Yoga gemacht. Doch habe ich letzten Mittwoch zugesagt, dass ich auf Mauritius an die Yogarunde denken werde und wie ginge das besser als mit ein paar Yogaübungen. So ging ich nach dem Abendessen an den Strand und machte ein paar Yogaübungen unter dem Sternenhimmel. Barfuss im weißen, warmen Sand, vor mir das Meer, der Wind bläst durch mein Haar. Es kann keinen schöneren Ort für Yoga geben. Um noch andächtiger der Yogarunde zu gedenken, gönnte ich mir am Balkon wieder ein Phoenix-Bier und schickte gedanklich Grüße in die Heimat.

Am nächsten Tag erwachte ich mit einem gewaltigen Sonnenbrand. Ich hatte den Schatten unter den Bäumen überschätzt, da durch den permanenten warmen Wind immer wieder die Sonne zwischen den wenigen Blättern durchkam. Ich verhüllte meinen geröteten Körper unter leichter Kleidung und ging spazieren im Schatten von Palmen und Pinien. Auf dem Rückweg ging ich am Strand vorbei, Mike kam mir gleich entgegen und ich erklärte ihm, dass ich heute im Zimmer bleiben würde, damit sich meine Haut erholen kann. So verabredeten wir uns für den nächsten Tag. Den Rest des Tages verbrachte ich mit Lesen und einem ausgedehnten Bummel durch alle Boutiquen der Hotelanlage ohne einem Einkaufswahn zu erliegen. Dies lag neben meiner unglaublichen Standhaftigkeit auch an den Preisen und meiner nun mehr als unsicheren Finanzlage. An diesem Tag beschloss ich auch, mich gleich nach meiner Rückkehr nach einer kleineren und günstigeren Wohnung umzusehen. Ich wollte den Schritt in die Selbstständigkeit wagen und dazu hieß es, Kosten zu reduzieren. Außerdem wurde mir klar, dass Besitz tatsächlich belastet, denn je mehr ich besaß, umso größer musste mein Zuhause sein. Außerdem machte es mich unfrei, wenn ich künftig die Welt ansehen will. So unklar meine Zukunft bei meiner Abreise schien, mit einem Mal war mein Weg deutlich vor mir zu sehen.

Am nächsten Tag regnete es. Der Regen und die Luft waren allerdings so warm, dass man dennoch an den Strand gehen konnte. Ein Buch mitzunehmen machte allerdings keinen Sinn. Wegen des Regens waren auch kaum Strandverkäufer da und so verwunderte es mich nicht, Mike nicht zu sehen. Ich ruhte mich gerade vom ausgiebigen Schwimmen im Meer aus, als ein Strandverkäufer mich ansprach. Wir plauderten ein wenig, er hieß Ben und bot mir an, wenn ich wieder auf Mauritius wäre, könne ich bei ihm wohnen. Als er sagte, dass ich eine ganz, besondere und tolle Frau sei, überraschte auch ihn meine Antwort, dass ich das bereits wisse. Er gab mir seine Visitkarte und zog weiter. Als er weg war, dachte ich: „Das ist Leben. Der eine geht, der andere kommt." Und die ganze Welt, die nun mir gehört, ist voll von Mikes, Bens und wie auch immer sie heißen.

Auch am nächsten Tag, dem Tag meines Ausflugs, um die Insel zu erkunden, regnete es. Doch zum Glück gab es genau in jenen Momenten, wo wir den Bus verließen, um uns etwas anzusehen, immer Regenpausen. So war nur die Fahrt verregnet. Dieser Ausflug nahm mich nun vollends für dieses Fleckchen Erde ein. Alles, einfach alles blüht und gedeiht auf Mauritius und jede Jahreszeit hat ihre eigene Farbenpracht.

Der Tag darauf war bereits mein letzter Tag auf Mauritus und auch er war verregnet, was mich keineswegs von Meer und Strand fernhielt, und so verabschiedete ich mich in aller Ruhe von diesem schönen Ort. Beim Blick in den Spiegel vor dem Abendessen war ich zum ersten Mal davon überzeugt, dass ich schön bin. Damit meine ich allerdings nicht so sehr die äußere Erscheinung, obwohl mir dieser sonnengebräunte Teint und das wilde gelockte Haar sicher schmeicheln. Es war das Strahlen, das ich sah und diesmal waren es nicht nur meine Augen, die strahlten. Ich sah mich an, lächelte mir zu und war so glücklich darüber, dass ich bin, ich war so einverstanden mit mir, wie ich war, einverstanden mit meinen Narben und Dellen, mit meinen Falten und Macken, meinen Ängsten und Schwächen. Ich begriff zum ersten Mal, was es bedeutet, ganz zu sein.

Alexandra May

Alexandra May wurde 1962 in Vorau geboren. Schon in jungen Jahren hat sie ihre Leidenschaft für das Schreiben entdeckt. Da sie nun als Coach und Lebensberaterin arbeitet, kann sie ihrer Kreativität auch in ihrer beruflichen Tätigkeit freien Lauf lassen.